Zur Autorin

Dorothea Böhmer lebt in München im Haushalt von Lanzelot. Mitteilungen an sie oder Lanzelot bitte an den Verlag: info@tredition.de

Dorothea Böhmer

Der Tod der kleinen Katze

Kater Lanzelot packt aus

© 2019 Dorothea Böhmer
Illustrationen: Martina A. Wagner-Al Yassin

Verlag & Druck: tredition GmbH, Halenreie 40-44,

22359 Hamburg

ISBN

Paperback	978-3-7482-8384-3
Hardcover	978-3-7482-8385-0
e-Book	978-3-7482-8386-7

Inhaltsverzeichnis

Miese Stimmung

Die Augen rot, das Gesicht verquollen, die Haare verklebt, sie hat schon besser ausgesehen, viel besser. Madame hat die kleine Katze nicht nur geliebt. Sie war in Jenny vernarrt.

Seit Wochen wird hier nicht mehr gelacht, nicht mehr geblödelt, nicht mehr gespielt. Madame heult, wenn sie das Foto von Jenny betrachtet, heult, wenn sie die Plüschmaus sieht, und heult, wenn sie mich alleine am Fressnapf antrifft. Wenn sie nicht heult, redet sie entweder mit sich selbst, mit der kleinen toten Katze oder mit mir. Oft nimmt sie mich dabei auf den Arm. Zwar ist es lästig, wenn sie mein Fell mit ihren Tränen voll tropft, aber ich muss da durch. Schließlich teilen wir Tisch und Bett. Trotzdem geht sie mir auf die Nerven mit ihrer Trauer.

Es ist nun mal so. Die kleine Katze ist tot. Natürlich vermisse ich sie! Obwohl ich nie gedacht hätte, dass sie mir fehlen würde. Wen soll ich jetzt vermöbeln, wenn mir langweilig ist? Mit wem den rituellen Morgenkampf ausführen? Wen aus meinem Garten zurück in die Wohnung scheuchen? Das Leben ist trist geworden, seit sie tot ist. Sehr trist. Ich muss mich ablenken, deshalb schreibe ich alles auf.

Jenny hat sich gern versteckt

Jenny steht im Tierpass als offizieller Name der kleinen Katze. Ich habe keinen Pass, weil ich vom Bauernhof bin und der Bauer hatte keinen Pass für mich. Keine Ahnung wieso nicht. Ich und Jenny haben sieben Jahre und einen Monat zusammen gelebt. Sie kam aus dem Tierheim zu mir. Da war sie bereits sechs Jahre alt. Vier Jahre älter als ich damals. Zugegeben, sie war hübsch. Sehr hübsch, wenn man auf den leicht molligen Typ steht. Schwarz mit weißen Schnurrhaaren sah sie aus wie ein Wels, dieser Fisch mit Bart. Sie hatte hübsche Ohren, je nach Lichteinfall lindgrüne bis grasgrüne Augen und eine pinkfarbene Zunge, die zu sehen war, wenn die kleine Katze gähnte. Unter dem Mäulchen leuchtete weißes Fell wie ein heller Latz, am Bauch – genau in der Mitte – ein weißer Fleck, vorne schwarz-weiße Füße, so regelmäßig im Muster, dass es aussah als würde sie Schuhe tragen. Die Hinterfüße waren ganz weiß, jedoch reichte das Weiß höher als an den Vorderpfoten, so dass es wirkte, als würden ihre Beine in weißen Stiefelchen stecken.

Die Fußballen der kleinen Katze waren an den Vorderpfoten lachsrosa unter dem weißen Fell und schwarz unter dem schwarzen Fell. Sie konnte ihre Füße ewig sauberlecken, sollte mal ein Stäubchen oder Krümel Erde dran gekommen sein. Da die

Krallen der kleinen Katze an den Hinterfüßen ziemlich lang waren, konnte ich sie auf dem Parkettboden von weitem hören, egal in welchem Zimmer sie sich bewegte. Klick-klick-klick-klick, klick-klick-klick-klick, klick-klick-klick-klick bis sie vor mir stand. Madame nannte sie deshalb auch „Stöckelschuh-Jenny". Und der Kosename „Gin Gin" entstand, weil Madame meinte, die kleine Katze sähe aus wie ein Revuegirl, ein Filmstar oder eine verwöhnte Frau der 20er Jahre des 19. Jahrhunderts im schwarzen Pelzmantel mit weißem Kragen, die gerne Gin trinkt. Manchmal rief Madame sie „Dschinnchen", weil die kleine Katze wie ein Dschinn, ein orientalischer Geist, aus dem Nichts auftauchen konnte. Oft drehte sich Madame um, wenn sie am Schreibtisch saß, weil sie, obwohl sie die kleine Katze nicht entdecken konnte, spürte, dass sie von ihrem Dschinnchen mit Blicken durchbohrt wurde. Die kleine Katze saß in diesen Momenten mucksmäuschenstill entweder hinter dem blau glasierten Keramiktopf, aus dem mein Monster-Gummibaum wächst, oder wie versteinert hinter dem grünen Keramikelefanten, auf dem Kopien von irgendwelchen Aufsätzen liegen, oder sie lugte hinter einem der vielen Bücherstapel hervor, die Madames Schreibtisch wie kleine Wachtürme umgeben.

Den Namen Jenny nutzte Madame hauptsächlich, wenn sie sich um die kleine Katze sorgte, zum Beispiel, wenn die verschwunden war. Dabei hat sich die kleine Katze oft absichtlich versteckt. Einer ihrer Lieblingsorte war der Kleiderschrank mit der Magnettür, die hinter ihr zufiel, sobald sie sich hineingemogelt hatte. Durch den winzigen Türspalt beobachtete sie anschließend, wie Madame durch die Zimmer rannte und dabei immer lauter und besorgter nach ihr rief. Irgendwann kam sie aus ihrem Versteck heraus, stöckelte hoch erhobenen Kopfes und miauend zu Madame, um sich und ihr Auftauchen feiern zu lassen. Das war ein ziemlich mieser Charakterzug der kleinen Katze. Madame fiel jedes Mal ein Stein vom Herzen, wenn ihr Kätzchen wieder da war. Den Namen Jenny benutzte Madame auch, wenn die kleine Katze irgendetwas anstellte, zum Beispiel sich mit ihrem ganzen Gewicht an das rechte vordere Tischbein des Küchentischs hängte und tiefe Kerben in das gemaserte Holz ritzte. Warum sie ihre Krallen immer nur an diesem einen Tischbein wetzte, obwohl sie vier zur Auswahl hatte, habe ich nie durchschaut. Anstatt dass Madame froh ist, dass niemand mehr die Möbel malträtiert, streichelt sie jetzt täglich das aufgeraute Tischbein mit den vielen Scharten. Ihre Augen werden dabei glasig.

„Jenny, Gin Gin, Dschinnchen …", manchmal rief Madame die kleine Katze auch mit mehreren Namen gleichzeitig, in der Hoffnung, dass sie zumindest auf einen davon hören würde.

Dieses klick-klick-klick-klick der Krallen war vorteilhaft für mich. Ich liebte es, die kleine Katze zu überraschen. Oft versteckte ich mich hinter einer der acht Zimmertüren oder hinter dem leuchtend orangen Taftvorhang im Wohnzimmer, der so

schön raschelt. Wenn die kleine Katze nichtsah-
nend heranklickerte, dann zack auf sie mit Gebrüll.
Der Spaß endete jedes Mal dadurch, dass Madame
heranstürmte und schrie: „Lanzelot, lass sofort das
Dschinnchen in Ruhe."

Lanzelot bin ich: umwerfend schön, schwarz
mit fünf weißen Haaren auf der Brust, stark und
kräftig, acht Kilo schwer, mit zehneinhalb Jahren
im besten Alter und ziemlich groß, weshalb mich
Madame manchmal auch ihren Panther nennt.
Einmal hat sie mir erzählt, dass sie sich als Kind
gewünscht hatte, später einen schwarzen Panther
zu haben. Und was ist passiert? Ihre kleine
Schwester bekam von der Mutter einen riesigen
Stoffpanther zum Geburtstag geschenkt, obwohl
die überhaupt nicht an Panthern interessiert war
und sich heute immer noch nichts aus ihnen
macht. Sie betreut inzwischen einen Goldfisch,
eine Art Nahrungsergänzungsmittel für Kater, den
ich gerne kennenlernen würde. Madame war damals ziemlich sauer auf ihre Mutter, hat es aber
irgendwann geschafft, den Panther in ihr Zimmer
zu bringen und zu verstecken, bis ihre Schwester
nicht nur vergessen hatte, dass es ihrer war, sondern ihn überhaupt vergessen hatte. Wie kann
man nur einen schwarzen Panther vergessen? Seltsame Schwester.

Oh, ich habe auch etwas vergessen. Ich habe
vergessen zu erwähnen, dass die kleine Katze gar

nicht klein war. Sie war eine große, prächtige Katze. Nur im Vergleich zu mir war sie klein. Und natürlich weniger prächtig. Viel weniger prächtig.

Madame liebt Tücher

Wie kann ich meine Madame schildern? Eine Mischung aus Putzfrau, Haushälterin, Krankenschwester, Pausenclown, Eventmanagerin und Bodyguard trifft es am besten. Daneben hat sie einen Zweitjob, für den sie Geld bekommt, das sie braucht, um mein Biofutter bezahlen zu können. Der Thunfisch, den sie für mich kauft, ist teurer, als der, den sie für sich aussucht. Einer ihrer Lebensabschnittbegleiter ist ausgerastet, als er das gehört hat. Der ist inzwischen verschwunden. Der Typ, nicht der Thunfisch. Dabei ist es völlig logisch, dass ihr Fisch weniger kostet als meiner. Irgendwo muss sie schließlich sparen, um meinen Lebensstil mit Leckerlis, Katzenleiter und Garten mit jährlich frischer Katzenminze und Gamander zu finanzieren. Sie ist manchmal einen ganzen Tag oder auch zwei Tage weg, aber eigentlich arbeitet sie viel von Zuhause aus, was ich in Ordnung finde. Ich mag es, wenn sie in meiner Nähe ist, solange sie nicht nervt. Oder heult.

Ihre Erscheinung ist schwer zu beschreiben, weil sie unterschiedlich aussieht, je nachdem ob sie gut oder schlecht gelaunt, ausgeschlafen oder unausgeschlafen, motiviert oder gestresst, geschminkt oder ungeschminkt ist. Aber was immer zutrifft: Sie hat blaue Augen und trägt gerne Tücher.

Letztere ist die Beste ihrer Gewohnheiten, weil sich die Tücher zum Spielen eignen. Einmal wäre Madame fast von der kleinen Katze erwürgt worden. Das war sehr lustig. Madame saß am Schreibtisch. Die kleine Katze hatte sich von hinten an sie herangepirscht, weil das Tuch – ein breiter Schal – von der linken Schulter bis auf den Fußboden fiel und die Fransen bei jeder Bewegung von Madame über den Boden schlingerten. Mit Karacho sprang die kleine Katze hoch und hängte sich mit voller Wucht in den Stoff. Erst als Madame grün im Gesicht wurde und röchelte, wusste ich: Es wird ernst. Da ich weiterhin von ihr gefüttert und gestreichelt werden wollte, griff ich ein und biss Jenny in den Hintern, wodurch diese das Tuch los lies, auf den Boden plumpste und Madame wieder Luft bekam. Ich wünschte mir so sehr, dass Madame die kleine Katze richtig schimpfen würde, weil sie das noch nie getan hatte: nicht, wenn sie die Krallen am Sofa und an den Sesseln schärfte, bis die Polster platzten und die Füllungen in dicken, weißem Bäuschen herausquollen; nicht, wenn sie das Tischbein des geheiligten Küchentisches aufraute; nicht, wenn sie die Wäsche vom Wäscheständer zog und auf der besten Seidenbluse von Madame durch den Gang schlitterte; und nicht, wenn sie über die Tastatur des Computers tappte und Emails abschickte. Und was war? Madame, offensichtlich unter Sauerstoffmangel im Hirn leidend, säuselte nur:

„Dschinnchen, du kleiner Schlingel, du bist mir ja eine Spielemaus."

Spielemaus! Fast krepiert und nimmt immer noch die kleine Katze in Schutz. Nicht zu fassen. Hat sie mich gelobt, dass ich sie befreit habe?

Nein!!

„Lanzi, du Hallodri. Du sollst doch dem Dschinnchen nicht in den Popo beißen."

Geht´s noch? Das nächste Mal lasse ich die kleine Katze im Schal baumeln und beobachte, wie das Gesicht von Madame die Farbe wechselt. Mir doch egal, wenn sie erwürgt wird. Um einen Kater wie mich schlägt sich die halbe Welt. Aber das Problem hat sich ja erledigt. Mir war kurzzeitig entfallen, dass die kleine Katze tot ist.

Zwei Katzen gegen Arbeitswahn

Doch der Reihe nach. Wann, warum und woher kam die kleine Katze eigentlich zu mir? Ich war nämlich zuerst da. Und wann, woher und mit wem kam ich?

Die Ankunft der kleinen Katze hatte mit einem Todesfall zu tun. Ja, es gab zwei Todesfälle bei Madame. Und nein, ich schreibe keinen Krimi und Madame ist keine Mörderin. Obwohl, letzteres werde ich noch genauer erörtern, denn ganz eindeutig ist das nicht. Zumindest hatte sie mit dem ersten Todesfall nichts zu tun. Der betraf die schneeweiße, langhaarige, größenwahnsinnige Katze Lilith alias Gil. Sie wurde überfahren. Auch dazu gehört eine Vorgeschichte.

Es ging so los. Madames damaliger Freund, ein anderer als der bereits erwähnte, hatte ihr geraten, sich eine Katze anzuschaffen. Übrigens haben wir uns von dem Typ ebenfalls getrennt. Madame hat gemerkt, dass sie neben mir keinen anderen Kerl braucht.

„Du sitzt zu viel am Schreibtisch, du brauchst Pausen. Eine Katze wäre ein guter Ausgleich und eine Ablenkung."

„Ich bin zu oft unterwegs, die Katze wäre zu oft alleine."

„Dann schau dich nach zwei Katzen um. Vielleicht findest du ein Geschwisterpärchen."

Obwohl Madame unentschlossen war, surfte sie seit diesem Gespräch auf Tierheimseiten und las Kleinanzeigen, bis sie in einer Zeitung über mich und die weiße Katze stolperte. Wir waren damals beide eineinhalb Jahre alt und hießen Gino und Gil, ich – bis auf die fünf Härchen, hatte ich ja erwähnt – pechschwarz, Gil blütenweiß. Ich war nach dem Verkäufer einer Eisdiele benannt, Gil nach einem Parfüm. Diejenige, die uns das angetan hatte, war Ivette, die gerne Eis aß und sich ebenso gerne parfümierte, damals 23 Jahre alt, dunkelbraune lange Haare, arbeitslos, in einer 30 Quadratmeter Wohnung lebend. Ivette hatte nicht bedacht: erstens, dass sie irgendwann wieder eine Arbeitsstelle bekommen würde, zweitens, dass zwei niedliche Kätzchen zu zwei kraftstrotzenden Raubtieren mutieren könnten. Beides war eingetroffen, weshalb sie uns schnellstmöglich loshaben wollte.

Glücklicherweise rief Madame an, sie hatte das Foto von uns im Internet gesehen, auf dem wir zwei circa zehn Wochen alt waren und eng aneinandergeschmiegt auf einer roten Decke lagen. Naja, ich war eng an Gil geschmiegt. Gil hatte sich wie ein Starlet auf der Decke drapiert und sah von sich selbst überzeugt in die Kamera. So war sie: selbstbewusst, arrogant und unsäglich eingebildet.

Madame erklärte Ivette, dass sie eine große Wohnung habe, als Kind mit Katzen aufgewachsen sei und uns beide sehr gern zu sich nehmen würde. Es war so peinlich. Ivette wollte nicht einmal etwas für uns haben. Als sie uns zu Madame brachte, hatte diese stilvoll eine Flasche Wein und eine doppelstöckige Pralinenschachtel für sie besorgt. Ivette konnte gar nicht schnell genug abhauen. Sie war die größte Enttäuschung meines Lebens. Immerhin stellte sie noch fest:

„Wie schön, dass Gil jetzt in so eine elegante Wohnung kommt, das mag sie." Kein Wort von mir.

Ja, Gil sah sehr chic aus, die neue Umgebung passte tatsächlich gut zu ihr. Sie spazierte auch sofort durch alle Zimmer, um diese zu inspizieren. Dass Ivette gegangen war, war ihr ziemlich egal. Sie war von ihrem neuen Zuhause mehr als angetan. Es war ihrer würdiger als die alte, enge Wohnung.

Mir war es nicht geheuer, wie viel Platz wir plötzlich hatten, weshalb ich mich hinter der Waschmaschine versteckte mit dem Gesicht zur Wand. Ich war damals nicht so selbstbewusst wie heute. Seit wir zusammen lebten, hatte Gil mich mit harter Pfote unterdrückt. Woher sie war, weiß ich nicht mehr. Mich hatte Ivette jedenfalls von dem schon erwähnten Bauernhof geholt.

Gil und ich waren äußerst glücklich, dass wir nun Lanzelot, nach dem Ritter von König Artus, und Lilith, nach einer orientalischen Göttin, gerufen wurden. Selbst wenn Madame uns „Micki" und „Mini" getauft hätte, hätten wir darauf gehört. Nur weg mit den Namen Gino und Gil.

Lilith hatte sich sofort das leuchtend orange Sofa als Stammplatz auserkoren. Ja klar, es befindet sich im selben Zimmer wie die orangen Vorhänge. Hierauf lag sie meist auf dem Rücken und ausgestreckt wie eine Diva, so dass weder für mich noch für Madame Platz war. Genau das war von Lilith beabsichtigt. Den deckenhohen Katzenkratzbaum beschlagnahmte sie ebenfalls als ihr Eigentum. Ging ich zu nahe an ihr vorbei, klatschte sie mir eine, Madame wurde angefaucht, was nur beim Füttern unterblieb.

Statt im vierten Stock wohnten wir jetzt im Erdgeschoss. Lilith alias Gil konnte stundenlang aufrecht wie eine in Marmor gemeißelte ägyptische Katzengöttin an einem der vielen Fenster sitzen. Nur ihre Augen bewegten sich, denn sie beobachtete alles, was draußen vor sich ging. Immer häufiger stellte sie sich auf die Hinterbeine und tastete mit den Vorderpfoten die Fensterrahmen ab, bald schleifte sie mit ihren Krallen daran entlang. Sie wollte nur eines: raus. Nicht weil es ihr bei Madame nicht gefallen hätte. Ganz im Gegenteil. Das Futter war gut, die Wohnung ein Palast, sie durfte machen, was sie wollte und wurde von Madame und allen Besuchern und Besucherinnen, die bei uns vorbeikamen, aufgrund ihrer Schönheit und Eleganz bewundert. Auch Madame selbst hatte für sie, und hat heute noch für mich, durchaus Unterhaltungswert. Doch das Leben auf der anderen Seite des Fensters – die Vögel, die zwischen den Bäumen flatterten und auf den Zweigen hopsten, die Insekten, die zwischen Blumen und Gräsern summten, Menschen, die Hunde an der Leine führten, von Hunden an der Leine geführt wurden oder von Hunden ohne Leine begleitet wurden – hatte einen maßlosen Entdeckerinnendrang in ihr geweckt. Madame beschloss nach fünf Monaten schweren Herzens eine Katzenleiter vom Sims des Badezimmerfensters in den Garten hinunter anbringen zu lassen, damit Lilith die Welt erkunden konnte. Ihr Freund, er weilte seinerzeit noch bei uns, war dagegen.

„Die hauen ab. Du siehst die Katzen nie wieder, wenn die erst mal die Leiter hinuntergegangen sind."

Aber Madame war mit freilaufenden Katzen aufgewachsen, die ein Alter zwischen 16 und 19 Jahren erreicht hatten, obwohl das Elternhaus von Madame an einer der am stärksten befahrenen Straßen einer Kleinstadt liegt. Madame hasst übrigens diese Kleinstadt. Sie sagt, sie bekommt dort keine Luft und fährt ganz selten hin. Im Mittelalter sind dort Katzen und Hexen verbrannt worden. Ich will da auch nicht hin.

Lilith hatte sofort kapiert, was vor sich ging. Ich gebe es nicht gerne zu, dass sie intelligenter war als ich. Kaum war die Leiter angebracht und das Fenster offen, stolzierte sie hinunter in den Garten, als wäre es die selbstverständlichste Sache der Welt. Und natürlich betrachtete sie den Garten von Beginn an als IHREN Garten, obwohl Lebewesen in Sichtweite waren, die offensichtlich lange vor ihr den Garten nutzten.

Freuden des Freigangs

Als erstes spazierte Lilith am Nachbarn Benno vorbei. Er hatte die Katzenleiter gebaut, doch, wie sich bald herausstellte, sehr dilettantisch. Beduselt von Bier, dem er zu jeder Tages- und Nachtzeit in zu großen Mengen frönte, hatte er die Querleisten von unten statt von oben auf das Brett genagelt. Als Madame es am blutigen rechten Vorderfuß von Lilith merkte, hämmerte sie die vorstehenden Nägel ein. Sie kann handwerken, wenn sie will, aber meistens hat sie keine Lust dazu. Neben Benno saß dessen Hund Fridolin, eine kurzbeinige Mischung zwischen Schäferhund und irgendetwas Kleinerem. Er hat einen monströsen Kopf, Säbelbeine und krumme Krallen, ist aber ein umgänglicher, gutmütiger Bursche. Fridolin lebt noch. Das Haupt majestätisch erhoben, schritt Lilith mondän direkt an ihm vorbei, da hätte niemand mehr dazwischen gepasst. Keine Katze und kein Hund. Fridolin winselte vor Angst und sah ihr starr vor Staunen hinterher. Mir fielen fast die Augen aus dem Kopf, als ich das vom Fenster aus beobachtete. Madame seufzte. Ihr Freund wiederholte sich:

„Die siehst du nie wieder", worauf Madame ruhig erwiderte: „Doch".

Tatsächlich war Lilith nach zwei Stunden zurück und brachte Madame zwei aneinandergewachsene grüne Haselnüsse mit. Madame freute sich sehr über die Nüsse, aber noch mehr darüber, dass Lilith wohlbehalten wieder da war. Was sie noch nicht ahnte war, dass Lilith nun häufig Geschenke mitbringen würde. Im Laufe der Monate erweiterte sich das Sortiment um weitere Haselnüsse, eine Amsel, einen alten Bürstenstil, undefinierbare Plastikteile, Regenwürmer groß wie Blindschleichen und zahlreiche Mäuse. Immer wenn sie zurückkam, war Lilith ausgeglichen und bester Laune, wie ich sie nie erlebt hatte, bevor sie ins Freie durfte. Da sie jedes Mal gesund und munter eintraf, habe ich mich vorsichtig die Leiter hinunter gewagt, Stück für Stück den Garten erkundet und angefangen, Mäuse zu jagen. Das macht richtig Spaß. Vögel hatte ich zweimal als Mitbringsel dabei, aber da war Madame jedes Mal so sauer, dass ich ihr die seither nicht mehr vorlege, weshalb sie glaubt, dass ich keine Piepmätze mehr fange. Das ist für alle Beteiligten das Beste.

Bei der kleinen Katze hat es später, als sie bei mir war, viel, viel länger gedauert, bis sie sich nach draußen getraut hat. Madame hatte gehofft, dass es sie gar nicht hinausziehen würde, schließlich war sie sechs Jahre lang eine Wohnungskatze gewesen. Aber Ivette hatte ebenfalls zu Madame gesagt, wir – also ich und Lilith – wären Wohnungskatzen und würden nicht rausgehen. So ein Blödsinn. Ich bin sicher, jede Katze will in die Freiheit, außer sie hat schlechte Erfahrung gemacht, wie meine Nachbarskatze Kiddi. Die ist als wenige Wochen altes Kätzchen in einem fremden Land von Kindern fast gesteinigt worden. Sie will seither nur im Haus sein und hat Angst, wenn Besuch kommt.

Die kleine Katze hatte mich viele Monate lang vom Fensterbrett aus am geöffneten Fenster beobachtet und oft stundenlang bis zu meiner Rückkehr ausgeharrt. Als sie ungefähr ein Jahr bei mir war, konnte Madame sie nirgends finden. Irgendwann schaute sie suchend aus dem Fenster und erblickte die kleine Katze verdutzt am Fuß der Leiter sitzend. Madame war völlig neben der Rille, weil sie dachte, die kleine Katze wäre vom Fenstersims heruntergefallen, und hat ihren Freund – er war immer noch bei uns – gebeten, sie herein zu holen. Aber die kleine Katze war nicht vom Sims gefallen. Verborgen durch herabhängende Zweige meiner Eibe hatte ich genau gesehen, dass sie beherzt beschlossen hatte, die Leiter hinunter zu steigen. Sie war ein bisschen unbeholfen und ist trotz ausgefahrener Krallen mehr gerutscht als geklettert. Meine Güte, wenn ich an ihre ersten Ausflüge denke! Der Untergrund war für sie völlig neu – Erde, Gräser, Blätter. Sie hielt bei jedem Schritt inne: Huch ein Gräschen, huch mein Pfötchen. Dann begann sie, sich sauber zu lecken. So kommt man nicht vorwärts. Irgendwann hat sie kapiert, dass es reicht, sich nach dem Ausflug ins Freie zu säubern und nicht nach jedem Schritt. Es war schon sehr lustig mit der kleinen Katze.

Sie hat nie Vögel gebracht, sondern sich auf Nachtfalter spezialisiert. Doof war die kleine Katze nicht. Um Insekten zu fangen, blieb sie im Sommer abends am geöffneten Fenster sitzen, aus dem immer ein kleiner Lichtschimmer nach draußen drang. Und wenn ein Falter vom Licht angelockt heransurrte, brauchte sie nur noch zugreifen. Sie schlug mit der rechten Vorderpfote drauf oder drückte den Falter mit beiden Vorderpfoten gleichzeitig an die Wand. Wenn einer an der Wand pappte oder herunterfiel und etwas benebelt am Fenstersims lag, schnappte sie ihn und brachte ihn aufgeregt zu Madame, die entweder in der Küche kochte, im Wohnzimmer las oder am Schreibtisch arbeitete. Meist legte sie ihn ihr zu Füßen, führte vor Freude eine Art Kriegstanz um ihre Beute auf und freute sich über die Anerkennung ihrer Jagdkünste durch Madame. Dann knurpste sie den Falter zusammen. Manchmal nutzte der Falter aber die Zeit ihrer Tanzdarbietung, um abzuhauen. Das waren dann die Momente, in denen die kleine Katze auf Stühle, Tische, Sofa oder Bügelbrett sprang, um ihn wieder zu erwischen. Wie Superwoman. Hinter ihr her, natürlich am Fußboden und nicht über das Bügelbrett, Madame mit einem Glas, um es über den Falter zu stülpen und ihn anschließend freizulassen. Der Ausgang dieser

Jagden war recht unterschiedlich. Manchmal gewann Superwoman, manchmal Madame. Im ersteren Fall futterte die kleine Katze, alias Superwoman, den Falter und Madame war total frustriert. Im letzteren Fall lies Madame freudig den Falter in die Nacht hinaus fliegen und Superwoman war total frustriert, was sich daran zeigte, dass ihre Stimmung sich in Sekundenschnelle wandelte von wild und aufgedreht zu still und eingeschnappt. Als hätte man ihr den Stecker herausgezogen, war sie wieder die kleine Katze, die sich beleidigt davonschlich und Madame keines Blickes mehr würdigte.

Liliths Tod und das kleine Mädchen

Bevor ich vom Tod der kleinen Katze berichte, muss ich von Liliths Tod erzählen, das war nämlich eine seltsame Geschichte, die uns neue Freundinnen eingebracht hat. Und wenn Lilith noch leben würde, wäre die kleine Katze nicht zu mir gekommen.

Also, wir waren sehr glücklich, ich mit Madame, Madame mit mir und Lilith und Lilith mit sich selbst. Ob der Freund von Madame glücklich war, weiß ich nicht. Der war eigentlich nie glücklich, sondern immer irgendwie depressiv. So, wie wenn man der kleinen Katze den Falter weggenommen hat. Immer frustriert. Vielleicht hat man ihm im Leben auch Falter weggenommen.

Speziell an diesem Tag im Oktober waren wir ganz besonders glücklich. Das Leben war harmonisch, allen ging es gut. Madame hatte sich am späten Nachmittag für ein kurzes Schläfchen hingelegt und Lilith, was sehr ungewöhnlich für sie war, hatte sich nicht nur zu ihr, sondern auf sie gelegt. Normalerweise suchte unsere Diva nicht so viel Nähe. Als Madame später am Schreibtisch saß, schlenderte Lilith an ihr vorbei und stellte sich vor dem großen, ungefähr einen Meter hohen Holzengel, der neben dem Schreibtisch steht, auf die Hinterbeine und berührte mit ihren beiden Vorderpfoten je einen der nach oben gestreckten Flügel. Also mit der rechten Vorderpfote den linken Flügel, mit der linken Vorderpfote den rechten Flügel. Das hatte sie noch nie gemacht. Als Lilith abends zum Badezimmerfenster ging und graziös die Katzenleiter hinunter stieg, ist Madame ihr zum Fenster gefolgt, hat ihr nachgesehen und, kurz bevor sich Lilith unter dem Zaun zum Nachbarhof durchquetschte, gerufen: „Aufpassen Lilchen!" Sie macht das immer. Auch heute noch bei mir und bis vor kurzem bei der kleinen Katze. Bei mir ruft sie natürlich „Aufpassen Lanzelot" oder „Aufpassen Lanzi" und bei der kleinen Katze rief sie „Aufpassen Jenny" oder „Aufpassen Dschinnchen".

Just an diesem Abend hat sich Lilith zu ihr umgedreht und ihr in die Augen gesehen. Ich war draußen unter dem Eibenbaum. Lilith war draußen und außer Sicht. Madame war drinnen und spülte Katzengeschirr ab. Sie trug ihre bequemen Hausklamotten, eine weiße Fleecejacke und eine graue Baumwollhose. An diesem Abend war sie zufrieden mit sich, ihrem Leben und der Welt wie selten zuvor, nicht ahnend, dass die Tragödie bereits ihren Lauf nahm.

Ungefähr eine halbe Stunde nachdem Lilith die Wohnung verlassen hatte, läutete es an der Tür. Es war Sabina mit ihrer kleinen Tochter Magda. Damals kannten wir ihre Namen noch nicht, sie sind unsere Nachbarinnen. Auch das wussten wir nicht. Doch glücklicherweise wussten die beiden, dass wir ihre Nachbarn sind.

Sabina fragte nach einem knappen „Hallo" Madame:

„Ihnen gehört die weiße Katze, oder?"

In dem Moment wich alle Farbe aus dem Gesicht von Madame. Sie wurde kreidebleich.

„Ja, was ist mit ihr?"

„Ihre Katze hatte einen Unfall. Kommen Sie bitte, und nehmen Sie eine Decke mit."

Madame zitterte am ganzen Körper, war aber immerhin so helle, dass sie nicht nur eine Decke mitnahm, sondern auch ihr Handy und die Nummer des Tiernotrufs, bei dem sie Mitglied ist und uns – mich und Lilith – angemeldet hatte. Der Tiernotruf ist sehr nützlich. Dort arbeiten Ärztinnen und Ärzte und helfen, wenn Tiere in Not sind. Einmal kam eine Ärztin zu uns, um eine ziemlich lädierte Amsel zu retten, die Lilith in unsere Wohnung geschleppt hatte. Aber zurück zu Sabina. Sie hat Madame zur Straße geführt, die unseren Garten vom nahen Park trennt. Regungslos lag Lilith gekrümmt auf der Fahrbahn. Die Autofahrer auf der stark befahrenen Strecke machten einen Bogen um den kleinen, weißen Körper und um Madame, die nun nicht mehr helle, sondern völlig hirnlos zu Lilith in die Mitte der Fahrbahn gelaufen war.

Vorher hatte sie Sabina zitternd das Handy und die Karte mit der Telefonnummer vom Tiernotruf gereicht hatte. „Könnten Sie bitte da anrufen?" Im selben Moment, in dem Sabina begann, die Nummer einzutippen, fuhr eines der großen roten Autos des Tiernotrufs vor. Eine junge Ärztin und ihr Assistent sprangen heraus. Der Assistent stellte ein Warndreieck auf und die Ärztin lief zu Madame.

„Haben Sie uns angerufen?"

„Nein, ich bin gerade geholt worden, es ist meine Katze."

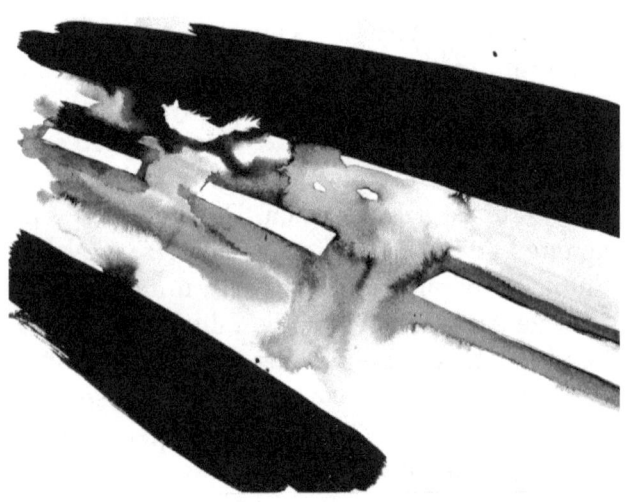

Die Ärztin horchte mit dem Stethoskop den Körper von Lilith ab, aus deren Mund ein dünnes Rinnsal Blut floss. Ihr rechtes Auge hing heraus.

„Sie war sofort tot, das Herz wurde abgerissen."

Ein Polizeiauto fuhr an den Straßenrand und hielt hinter dem roten Wagen des Tiernotrufs. Eine Polizistin und ein Polizist stiegen aus und der Polizist fragte Sabina, die immer noch das Handy in der Hand hielt, ob sie das Revier benachrichtigt hätte.

„Nein, ich konnte noch niemanden anrufen und jetzt brauche ich niemanden mehr anzurufen."

Also jetzt stelle man sich bitte die Szene vor! Lilith tot. Madame aschfahl. Sabina mit dem kleinen Mädchen auf dem Arm und dem Handy in der Hand. Zwei von der Polizei und zwei vom Tiernotruf. Das war typisch Lilith. Immer in Szene setzen, ob tot oder lebendig. Niemand hätte die Geschehnisse perfekter zeitlich abstimmen können. Hätte Sabina Madame nicht benachrichtigt oder wären beide zehn Minuten später zur Stelle gekommen, wäre Lilith weggewesen! Eingepackt von der Ärztin. Nachdem die Leute von der Polizei sich überzeugt hatten, dass alles seinen geregelten Gang ging, verabschiedeten sie sich. Die Polizistin bedauerte den Unfall und sagte, es täte ihr sehr leid für Madame.

Inzwischen hatte die Tierärztin vorsichtig mit beiden Händen Lilith aufgehoben und in einen weißen Plastiksack gleiten lassen. Aus dem Fahrerhaus holte sie ein Klemmbrett mit Block samt angebundenem Stift und wandte sich an Madame.

„Wie heißt die Katze?"

„Lilith."

„Wie alt ist sie?"

„Zweieinhalb."

„Möchten Sie Einzel- oder Sammeleinäscherung?"

„Sammeleinäscherung, ich habe mit ihr gelebt." Madame stand unter Schock. Vor einer Stunde hatte sie Lilith noch gestreichelt und sollte nun über die Art der Bestattung entscheiden.

Die Ärztin nickte verständnisvoll, wahrscheinlich höflichkeitshalber. Es wurde dann doch eine Einzeleinäscherung, dazu später mehr.

„Bitte unterschreiben Sie da."

Dann fuhren die Leute vom Tiernotruf mit Lilith ab. Madame verabschiedete sich von Sabina und ihrem Töchterchen Magda und dankte ihnen sehr dafür, dass die beiden sie umgehend informiert und zum Unfallort gebracht hatten.

Als ob dieser passgenaue zeitliche Ablauf nicht schon mysteriös genug gewesen wäre, sollte Madame ein paar Wochen später erfahren, dass der Unfalltod von Lilith eine wundersame Auswirkung gehabt hatte.

Sie war immer noch sehr mitgenommen von Liliths Tod, fast so wie jetzt vom Tod der kleinen Katze. Auf dem Nachhauseweg bemerkte sie in der U-Bahn, dass eine junge Frau, die ihr gegenüber saß, sie musterte. Sie stieg an derselben Station wie Madame aus. Langsam dämmerte es dieser und sie sprach die Frau an, die nur einen Meter vor ihr ging:

„Waren Sie es, die mich vor drei Wochen zu meiner toten Katze gebracht hat?"

„Ja. Wie geht es Ihnen?"

„Ich vermisse Lilith sehr. Hätten Sie Lust und Zeit mit Ihrer kleinen Tochter zu mir zum Essen zu kommen? Ich würde mich so gerne bei Ihnen bedanken. Damals war ich nicht in der Verfassung. Es war so entsetzlich, ich war überhaupt nicht bei mir."

„Ja, aber es hatte auch einen positiven Aspekt."

„Einen positiven Aspekt? Dass meine Katze überfahren wurde?" Madame glaubte, schlecht zu hören und blieb unvermittelt stehen.

„Vor ein paar Monaten haben sich der Vater von Magda und ich getrennt. Seit der Zeit hat sich Magda immer von meiner Hand losgerissen und ist auf die Straße gelaufen, ohne nach rechts oder links zu sehen. Jedes Mal hatte ich Todesängste um mein Kind. Seit Magda die überfahrene Katze auf der Straße gesehen hat, geht meine Tochter an der Hand. Sie reißt sich nicht mehr los. Vielleicht hat Lilith indirekt meiner Tochter das Leben gerettet. Magda steht immer noch unter dem Eindruck des Unfalls. Sie erzählt allen Leuten von der weißen Katze Lilith, die jetzt im Himmel wohnt und goldene Mäuse fängt."

Madame lief ein eiskalter Schauer über den Rücken und heute noch bekommt sie Gänsehaut, wenn sie über diese Geschichte spricht. Das sieht man daran, dass sich die Härchen an ihren Unterarmen aufstellen.

Also das war die Schilderung von Lilith, ihrem Leben und ihrem Tod. Wenn sie nicht gestorben wäre, hätte ich nie die Bekanntschaft der kleinen Katze gemacht.

Die kleine Katze kommt an

Madame heulte sich die Augen aus wegen Lilith – genau wie jetzt wegen der kleinen Katze – und ich war damals ziemlich durcheinander. Ich rannte raus und rein, lief konfus in der Wohnung herum und schlief nachts nahe am Kopf von Madame, so dass sie den Eindruck bekam, ich würde mich alleine fühlen und bräuchte neben ihr wieder eine zweite Mitbewohnerin. Sie dachte, ich würde leiden. Ehrlich gesagt, ich weiß es nicht mehr, wie ich mich gefühlt habe. Es war einfach anders. Keine weiße Katze mehr da, die grundlos nach mir schlägt, wenn ich an ihr vorbei gehe oder ihr im Weg stehe, wenn sie raus will. Es war ein völlig neues Lebensgefühl. Ich war gerade dabei, mich darauf einzustimmen, als Einzelkater zu leben und Madame ganz für mich zu haben, als ich Wochen nach Liliths Tod von einem meiner Streifzüge nach Hause zurück kam und die Stimme von Madame nicht aus der Küche, nicht aus dem Wohnzimmer und nicht aus dem Büro, sondern aus dem Gästeklo hörte.

Wieso war sie auf dem Gästeklo? Und mit wem? Ich musste herausfinden, was los war. Im selben Moment, in dem ich erfreut Madame erblickte, sah ich weniger erfreut ein schwarz-weißes maunzendes, um Madame herumstreichendes

Fellknäuel. Ich sprang auf den Hocker und blieb dort wie angewurzelt stehen, Vorderfüße und Hinterfüße nahe beieinander. Spontan habe ich gefaucht, was ich sonst nie tue. Da wuselte etwas vor mir, womit ich überhaupt nicht gerechnet hatte. Sie! Die kleine Katze.

„Lanzi, schau mal, das ist Jenny. Ist das nicht ein hübscher Name? Eine Abkürzung von Guinevere. Bestimmt vertragt ihr euch gut. In der Sage vom König Artus hat Ritter Lanzelot die Königin Guinevere sehr geliebt. Wer weiß, vielleicht hat er sogar Jenny zu ihr gesagt."

Es war mir schnurzpiepegal, was im Mittelalter los war, ich hatte jetzt ein Problem. Madame würde ab sofort nicht nur mir ihre Zuneigung schenken, sondern auch dieser herumtapsenden Mopskatze.

Da ich auf ihr Pfeifen nicht ins Haus gekommen war, weil ich genau weiß, dass sie mich bei dieser Art von Pfiff einschließt, hatte Madame einfach die Katzentasche gepackt und war ins Tierheim abgedampft. Da würde sie nie mehr hingehen, das hatte sie mir später mehrfach versichert. Sie wollte mir eine Gefährtin holen und hätte am liebsten alle eingepackt, den fetten großen Kater, die kleine Mieze, die Diabetes hatte, die rote Katze, der alles egal war, aber sie musste sich für eine entscheiden. Letztlich hat sich nicht Madame entschieden, sondern die kleine Katze hat gehandelt. Sie sah Madame und balzte sie bereits durch die Fensterscheibe ihres Zimmerchens im Katzenhaus an, während sich die getigerte Katze, mit der sie in dem zwei mal drei Meter großem Raum untergebracht war, unter einen Stuhl über dem eine Decke hing, also in die Höhle, verzog. Die kleine Katze klebte regelrecht am Fenster, wälzte sich auf den Rücken, sah Madame tief in die Augen, strich verheißend am Glas entlang, als wollte sie an den Beinen von Madame entlang robben. Die Tierpflegerin erfasste sofort was abging.

„Ich hole mal die Akte der Katze. Wenn Sie möchten, können Sie schon reingehen und sie streicheln."

Nicht zu fassen, über die kleine Katze gab es eine eigene Akte!

Madame betrat nicht das kleine Katzenzimmer:

„Nein, ich kann nicht hineingehen, wenn ich nicht weiß, ob ich sie mitnehmen darf. Der Abschied wäre unerträglich."

Scheint Liebe auf dem ersten Blick gewesen zu sein. Mir wird schlecht, wenn ich mir das vorstelle.

„Ach, so eine sind Sie."

Keinen blassen Schimmer, was die Tierpflegerin damit meinte. Aber wenn Madame eine Katze auch nur kurz gesehen hat, kann sie diese nicht mehr vergessen. Selbst wenn sie bei einer Wanderung auf eine Katze trifft, kann sich Madame jahrelang an jede Einzelheit erinnern. Menschen vergisst Madame dagegen sehr schnell. Ist ja auch logisch, die haben keinen Charakter wie Katzen. Die meisten verhalten sich wie Hunde. Sie machen genau das, was andere Menschen, die sie oft gar nicht mögen, von ihnen erwarten. Das macht Menschen austauschbar, ganz anders als uns Katzen. Egal, ob sich ein Mensch einen Hund oder einen Menschen hält, der Unterschied ist zu vernachlässigen.

Jedenfalls ließ die kleine Katze im Tierheim Madame nicht aus den Augen und versuchte, sich durch das Glas zu quetschen, was natürlich zum Scheitern verurteilt war. Noch bevor die Tierpflegerin zurückkam, war von beiden Seiten – kleine Katze und Madame – klar: Wir gehören zusammmen. Die Scheibe trennt uns noch ein paar Minuten, dann nichts mehr.

Die Tierpflegerin kam mit der Akte zurück:

„Name Jenny, sechs Jahre alt, wurde zweimal im Tierheim abgegeben, das letzte Mal, weil ihre Mit-Katze sie immer angegriffen hat."

„Ich würde sie gerne zu mir nehmen."

„Sind Sie sicher?" Die Tierpflegerin sah Madame prüfend an.

„Ja."

Madame vertraute darauf, dass ich mich über die kleine Katze freuen würde, ging zur Rezeption, bezahlte Geld, unterschrieb, dass jederzeit jemand vom Tierheim zur Kontrolle vorbeikommen darf, die Angestellte strich das Geld ein:

„Danke, dass Sie ein Tier nehmen."

„Danke, dass ich mich um Jenny kümmern darf."

Mit der Kopie des Zettels und der Quittung ging sie auf die Katzenstation zurück. Die Tierpflegerin hob die kleine Katze hoch und ließ sie vorsichtig in die Tasche gleiten, die Madame mitgebracht hatte, dann machte sich Madame mit der neuen Mitbewohnerin auf den Nachhauseweg.

Nur wenige Wochen nachdem Lilith im Krematorium direkt neben dem Tierheim verbrannt worden war, fuhr Madame nun besorgt um die durch den Transport gestresste und hechelnde kleine Katze nach Hause, wobei sie ununterbrochen redete, um sie zu beruhigen. Sie hat vom neuen Zuhause erzählt und von dem außergewöhnlich cleveren und unvorstellbar attraktiven Kater, mit dem sie nun Kratzbaum und zwei Katzenklos teilen würde – von mir.

Um mich langsam an die neue Mitbewohnerin zu gewöhnen, brachte Madame die kleine Katze in den Büroteil der Wohnung und zwar, wie erwähnt, in das Gästeklo, das viel größer ist, als das Badezimmer von Madame. Die kleine Katze versteckte sich hinter dem zusammengeklappten Bügelbrett. Doch kaum stellte Madame ein Schüsselchen Futter bereit, schon war sie da, lehnte sich an die Beine von Madame, als wollte sie ihre Gönnerin aus Dankbarkeit umwerfen und stürzte sich auf das Futter. Wer immer Königin Guinevere war, diese Jenny konnte nicht mit ihr verwandt sein, hatte sie doch übelste Tischmanieren, von aristokratischer Etikette keine Spur.

Bereits im Tierheim hatte Madame zur Tierpflegerin gesagt:

„Die ist ein bisschen dick."

„Ja, die steht gut im Futter."

In der Akte der kleinen Katze stand, sie würde nur ein ganz bestimmtes Katzenfutter fressen. Das war die größte Lüge aller Zeiten, wie sich bald herausstellen sollte. Denn die kleine Katze fraß alles! Und wenn auch nur aus dem einen Grund, dass ich es nicht bekommen sollte. Vielleicht war sie von ihrer einstigen Mit-Katze deshalb verhauen worden! Weil sie alles Futter alleine weggeputzt hat!

Die Absicht von Madame, die kleine Katze erst im Büro an die neue Wohnung zu gewöhnen und mir die privaten Zimmer als Rückzug zu überlassen, ging gründlich schief. Die kleine Katze blieb keine drei Stunden in ihrem Bereich, dann trippelte sie auf weichen Pfoten miauend Madame hinterher und traf auf meine Futternäpfe und mich in meiner Wohnküche. Ab diesem Moment sollte Fressen für die nächsten sieben Jahre zum Wettkampf werden. Sofort warf sich die kleine Katze kopfüber nicht auf, sondern in einen Futternapf, so dass der klirrte. Auch mein überraschtes Fauchen, als sie plötzlich an meiner Seite auftauchte, half nichts. Sie hatte den Fressplatz entdeckt. Die große Liebe zu Madame wurde noch größer. Bereits nach drei Tagen gesellte sie sich in den Nächten ins Bett zu ihr. Nicht so wie ich und früher Lilith. Wir kamen nachts mal vorbei, legten uns eine Stunde dazu und zogen dann wieder unserer Wege bzw. machten es uns irgendwo anders gemütlich. Die kleine Katze dagegen ging mit Madame ins Bett und blieb da bis zum nächsten Morgen. Natürlich veränderte sie manchmal die Stellung, lag mal auf, mal neben Madame, mal auf dem Bauch, mal auf der Seite. Madame fand es besonders putzig, wenn die kleine Katze auf dem Rücken lag und mit ange-winkelten Vorderpfoten wie ein Osterhase aussah. Mal pennte sie längs, mal pennte sie quer. Letzte-res war für Madame sehr beschwerlich, da sie die kleine Katze nicht wecken wollte und dann selbst in Zickzackform im Bett lag, nur um die kleine Katze nicht zu stören, deren Kopf z. B. an Mada-mes Kniekehlen lehnte.

Ich bin mir nicht sicher, ob die kleine Katze aus Zuneigung zu Madame im Bett schlief oder weil sie es auf keinen Fall verpassen wollte, wenn Madame aufstand, um die Futternäpfe zu füllen. Das war und ist jeden Morgen ihre erste Tätigkeit. Na gut, jetzt bin ich unfair. Die kleine Katze hat Madame geliebt. Sehr geliebt. Ach, irgendwie fehlt mir die kleine Katze. Und dass sie ausgerechnet in der Weihnachtszeit gestorben ist, war rücksichtslos von ihr und gar nicht nett.

Der Glitzerbaum als Omen

Wie hatte sich Madame auf die Adventszeit gefreut; eigentlich wie jedes Jahr schon ab Ende August. Der Advent ist für mich und sie immer eine besonders kuschelige Zeit mit Kerzen, Duftlampen, Engelchen und glitzerndem Fetzefanz. Fetzefanz ist Firlefanz, den man zerfetzen kann. Madame konnte es um Allerheiligen nicht mehr aushalten. Erstmals, seit wir zusammenwohnen, hat sie den Tisch mit der großen Wasserschale, in die sie jede Woche zehn bis fünfzehn frische Rosenköpfe legt, nicht erst im Dezember weggeräumt, um dem Christbaum Platz zu machen. Nein, sie kam Anfang November mit einem Bäumchen, das laut ihren eigenen Worten wie ein schwarzes Skelett aussah, wie ein abgebrannter, toter Baum. Ein Totenbaum. Aber das Bäumchen ist voll mit Lämpchen und sobald man den Stecker in die Steckdose steckt, leuchtet und funkelt es wunderschön und sieht gar nicht mehr düster aus. Kaum glitzerte der Baum, wer setzte sich darunter? Nein, nicht Madame. Die kleine Katze! Sie hat ihn sofort als ihr persönliches Eigentum beansprucht.

„Dschinnchen, ist das dein Baum?" fragte Madame mit der Säuselstimme, die sie oft beim Gespräch mit der kleinen Katze annahm. Irgendwie hatte sie damals das Gefühl, Jenny wollte etwas sagen, als sie so feierlich und ernst darunter saß. Jenny miaute, sah sie mit großen Pupillen an und hat sich keinen Zentimeter wegbewegt, womit klar war, der Baum gehörte ihr.

Jenny hat viel gequatscht und stets Bemerkungen von mir oder Madame ungefragt kommentiert. Die Sprache zwischen ihr und mir war natürlich wesentlich ausgefeilter und nuancenreicher, als wenn sie mit Madame Konversation betrieb. Für

Madame war es „Katzensprache light". Jennys Kommunikationsfreudigkeit ist sogar vor ein paar Jahren der Tierärztin aufgefallen, die bei mir einen Hausbesuch machte, weil ich erkältet war.

„Spricht die Katze immer so viel?"

„Ja, der Kater auch, wenn er munter ist."

Verleumdung. Ich spreche nur, wenn ich anderes Futter will, wenn ich raus will, wenn ich auf den Arm genommen werden will, wenn ich spielen will, wenn ich Mäuse bringe, dann ist es mein Jagdschrei, und ich habe gesprochen, wenn ich die kleine Katze zum Balgen aufforderte. Wenn ich nachts mit Findus kämpfe, dem Nachbarkater, stoße ich ohrenbetäubende langgezogene Schlachtrufe aus, die man im Umkreis von 800 Metern durch die Gärten hört. In dem Fall gehen in den umliegenden Häusern die Lichter an und Madame ist am Badezimmerfenster, um mich in die Wohnung hereinlocken, was natürlich während eines Kampfes, bei dem es um Katerehre geht, zum Scheitern verurteilt ist.

Mir war es jedenfalls egal, dass Jenny den Lichterbaum in Beschlag genommen hatte. Ich bin sowieso viel lieber draußen im Garten unter echten Bäumen als drinnen unter einem künstlichen Baum, unerheblich ob er leuchtet oder nicht. Die kleine Katze hatte jedoch unendlich viel Spaß mit den Lichtern und hat die Lichterflecken auf dem Teppich gejagt, auf dem der Baum stand. Sie liebte alles was glitzerte und flimmerte und versuchte oft stundenlang, Reflexe von Sonnenstrahlen oder Wasserspiegelungen an den Wänden, auf Tischen oder am Fußboden zu fangen. Mit dem Widerschein vom Lichterbaum hat sie so wild gespielt, dass sie das Bäumchen sogar umgeworfen und sich selbst – ohne das Bäumchen – in den Teppich gewickelt hat. Das Bäumchen war total verbogen, aber Madame hat es wieder gerichtet.

Das Sterben der kleinen Katze begann 29 Tage, nachdem das Bäumchen das erste Mal bei uns geleuchtet hat.

Die kleine Katze humpelt

Madame war den ganzen Tag beruflich unterwegs gewesen. Um sechs Uhr früh war sie zum Bahnhof aufgebrochen, um einen Zug zu erwischen, und gegen 22 Uhr war sie wieder zurück. Bevor sie wegging, hatte sie das Fenster zur Katzenleiter verschlossen, damit ich nicht raus konnte, während sie weg war. Das macht sie immer. Sehr ärgerlich. Sie hat Angst, mir könnte etwas passieren. Als ob ich nicht auf mich aufpassen könnte. Outdoor ist mein Leben! Sie will zudem nicht, dass ich während ihrer Abwesenheit Mäuse oder andere Spieltiere in die Wohnung schleppe. Was für eine Spaßbremse sie sein kann. Einmal hatte ich frühmorgens ein Kaninchen aus dem Park in ihr Schlafzimmer gebracht. Sie war gar nicht erfreut gewesen und hat es, nachdem sie über eine Stunde brauchte, um es in die Enge zu treiben und den silbernen Papierkorb aus Metallgitter darüber zu stülpen, wieder im Park ausgesetzt. Naja, der kleinen Katze war es eh zu groß zum Spielen, obwohl es wirklich lustig aussah, wie das Kaninchen, jedes Mal wenn ich mit der Pfote auf sein Hinterteil drückte, Haken schlagend durch das Schlafzimmer flitzte. Und der Anblick von Madame im Morgenrock, in Gummistiefeln und mit Papierkorb samt Kaninchen hat die Nachbarn und die Autofahrer, als

Madame die Straße zum Park überquerte, bestimmt überrascht hat. Mir gefällt es, wenn sie so rustikal aussieht.

Bevor Madame also zum Bahnhof ging, ermahnte sie uns wie jedes Mal:

„Bin bald wieder da, meine Schätze. Schön brav sein."

Wie eine Gebetsmühle, jedes Mal der gleiche Satz, und zwar mehrmals hintereinander. Ich war brav, wenn sie weg war. Zumindest sobald ich schlief. Aber wenn ich aufwachte und nichts los war, habe ich immer die kleine Katze gesucht und zu einem Kämpfchen überredet. Das war ganz nett. Allerdings schwappte die Balgerei irgendwann zum echten Kampf um, und die Haarbüschel flogen. Manchmal fing auch die kleine Katze damit an. Sie kam zu mir, leckte mir freundschaftlich ein Ohr, ließ sich dann auf den Rücken fallen und fing an, mich zu provozieren, indem sie mir Ohrfeigen verpasste. Das hat sie auch gemacht, wenn Madame da war. Und kaum war Madame nicht in Sicht, biss sie richtig zu und stampfte mir mit ihren spitzen Krallen in den Bauch. Hinterlistiges Stück.

Jedenfalls kam Madame, wie angekündigt, am selben Tag zurück. Auf ihre Worte ist Verlass. Sie sagt immer, wie lange sie irgendwo bleibt, aber wir erkennen das sowieso an den Gepäckstücken, die sie mitnimmt. Handtasche und Laptop, dann ist sie einen Tag weg. Zusätzlich den silbernen Koffer, dann ist sie am nächsten oder übernächsten Tag wieder da.

Richtig ätzend wird es, wenn sie die große Reisetasche nimmt. Dann ist sie länger weg, zum Beispiel irgendwo in Afrika oder Asien, und wir werden von Vroni versorgt. Vroni wohnt im Haus gegenüber im vierten Stock. Sie muss nicht mehr arbeiten wie Madame, weil sie ein bisschen älter ist und kein Geld für Kratzbäume und Katzenfutter braucht. Vroni mag Katzen, plaudert aber sehr viel, und zwar ohne Punkt und Komma, also viel,

viel mehr als die kleine Katze. Einmal ist Madame fast ohnmächtig geworden, als Vroni kam und sie mit ihrem Wortschwall regelrecht erstickt hat. Sie standen im Gang in unserer Wohnung und Vroni hat gequasselt und gequasselt. Immer wenn Madame etwas sagen wollte, ist sie schneller und lauter geworden. Nach und nach ist Madame immer weißer geworden, bis sie gehaucht hat „ich muss mich setzen" und im selben Augenblick mit einem Knall auf den kleinen grauen Aktenschrank aus Blech gefallen ist. Madame ist üblicherweise hart im Nehmen. Doch in dem Moment dachte ich, sie hat ausgehaucht. Vroni wusste sofort, was los war und ist überstürzt aufgebrochen. Sie schnürt anderen Menschen die Luft ab. Manchmal auch mir. Dann pinkle ich aus Protest auf die Vorratskiste mit der Katzenstreu. Sie kapiert es aber nicht.

Madame hat sich an besagtem Abend im Dezember sehr gefreut, als wir hinter der Tür auf sie gewartet haben.

„Na, meine zwei schwarzen Zwerge?"

Ich hasse es, wenn sie mich als Zwerg bezeichnet. Die kleine Katze konnte sie gerne so bezeichnen, die sah ja auch so aus. Aber nicht mich!

Wir standen immer an der Tür, weil wir ihr ein schlechtes Gewissen machen wollten. Sie sollte denken, wir hätten den ganzen Tag auf sie gewartet, was natürlich nie stimmte. Sie hat unser Spiel ziemlich schnell durchblickt, weil ich regelmäßig gegähnt habe, wenn sie hereinkam, was ich nur direkt nach dem Aufstehen tue. Außerdem hat sie gemerkt, dass die kleine Katze und ich an den Bäuchen sehr warm waren, und messerscharf daraus geschlossen, dass wir gerade noch gemütlich drauf lagen. Auch die Kuhlen in ihrem breiten Bett, in dem wir oft tief und fest zu zweit auf der schönen Bettwäsche schlummerten, kaum war sie weg, waren noch angewärmt. Das hat sie auch gecheckt.

Madame hat uns wie üblich begrüßt, gestreichelt, gefüttert und mir dann das Fenster zur Katzenleiter und damit in den Garten geöffnet. Wenn Madame einen Tag oder noch länger weg ist und wohlbehalten und fröhlich zurückkehrt, bin ich immer ziemlich aus dem Häuschen. Ich renne neben ihr her, versuche ihr spaßhaft aufzulauern und platze vor Energie. Diesmal war ich so entzückt, dass ich auf das Bürofenstersims gesprungen bin. Allerdings hatte ich im Überschwang der Gefühle schlecht gezielt und ihren liegenden Ganesha, eine hinduistische Elefantengottheit, die sie von einer ihrer Reisen mitgebracht hat, heruntergeworfen. Er ist aus ziemlich bröseligem Material. Sie sagt vulkanisch. Der Elefantengott ist jedenfalls nach unten gekracht, in zwei Teile zerfallen und hat nur um einen Millimeter die blauweise Keramikschale aus China verfehlt. Sie steht direkt unter dem Fenstersims am Fußboden und ist eine unserer Wasserschalen. Also jetzt ist sie nur noch meine Wasserschale, weil die kleine Katze ja tot ist. Madame hat das Gefäß in der Altstadt von Peking gekauft in einem Geschäft für Malerbedarf. Eigentlich ist die Schüssel dafür gedacht, Tuschepinsel der Kalligraphen auszuwaschen. Doch ich glaube, wir haben keine Tuschepinsel in der Wohnung, ich habe jedenfalls noch keinen gesehen. Aber wir haben einen Staubwedel, mit dem Spinnen, Weberknechte und Insekten an die Luft befördert werden. Vielleicht könnte ich den mal eintauchen. Madame bringt immer irgendwelche Dinge mit, wenn sie länger unterwegs war. Meistens unnützes Zeug, das weder gefressen noch zerrissen werden kann. Der poröse Ganesha ist inzwischen mit Sekundenkleber gepappt und steht wieder auf dem Fenstersims. Völlig überflüssig. Er ist total hässlich. Und fett. Warum erzähle ich das so ausführlich? Weil es für viele Wochen und Monate das letzte Mal gewesen ist, dass ich übermütig und ausgelassen durch die Wohnung getobt bin. Es sollte der letzte Abend sein, an dem in unserer Wohngemeinschaft alles war wie sonst, abgesehen vom Unfall mit Ganesha.

Madame hat in den folgenden Tagen rückblickend immer wieder überlegt, ob die kleine Katze da bereits lahmte. Sie konnte es nicht sagen. Ich glaube nicht, sonst wäre es mir sicher aufgefallen und ihr ebenfalls. Als sich am nächsten Tag die kleine Katze kess und hübsch wie immer zum Futtertermin in die Küche gesellte, trippelte sie

nicht wie üblich, sondern zog den rechten Vorderfuß nach oben. Unübersehbar, sie humpelte. Alle
paar Meter blieb sie mit angezogenem Vorderfuß
stehen und sah Madame an. Die war völlig be-
stürzt und hat sich die Pfote angesehen, konnte
aber nichts erkennen. Unwillkürlich hat sie mich
verdächtigt und mir vorgeworfen, ich hätte die
kleine Katze beim Raufen gebissen. Frechheit. Ich
habe das noch nie gemacht! Zumindest nicht so,
dass sie humpeln musste.

Die falsche Entscheidung

Madame war völlig kopflos und hat dadurch einen unverzeihlichen Fehler begangen. Sie vereinbarte keinen Hausbesuch mit meiner Tierärztin, sondern eilte, weil sie nicht warten wollte, zum Tierarzt ums Eck, bei dem wir noch nie waren. Der kleinen Katze sollte, so schnell es nur möglich war, geholfen werden. Also hat sie ihr Dschinnchen in die blaue Katzentasche gehoben, die sie vorher mit einer Decke, auf der Jenny oft gelegen hat, ausgepolstert hatte. Jenny wusste nicht was los war. Sie war noch nie von Madame in die Katzentasche gesteckt worden. Ein einziges Mal war sie in der Tasche gereist, das war vor sieben Jahren, als Madame sie vom Tierheim behutsam nach Hause trug. An der Stimme von Madame hat sie wohl gemerkt, dass alles zu ihrem Besten sein sollte, was jetzt passierte.

Ich war beim Tierarzt nicht dabei, aber Madame hat alles so oft ihren Freundinnen und Freunden erzählt, dass ich im Bilde bin. Auf dem Weg zum Tierarzt hat sie die ganze Zeit mit der kleinen Katze gesprochen, dass alles gut wird. Das sagt sie immer in schwierigen Situationen, vor allem um sich selbst zu beruhigen. Die kleine Katze hatte volles Vertrauen zu Madame, auch wenn sie sich gar nicht wohlgefühlt hat. Der Tierarzt sah aus wie ein Alt-Rocker, ist aber mit der kleinen Katze zart umgegangen. Er hat ihr ein Antibiotikum gespritzt und ein Schmerzmittel. Madame hat bezahlt und die kleine Katze geschwind nach Hause gebracht. Währenddessen hat sie erneut ununterbrochen mit ihr geredet: „Wir sind gleich daheim Dschinnchen." „Alles ist gut." „Lanzelot wartet schon auf uns."

Das hat gestimmt. Ich fand was da vor sich ging sehr interessant, zumal diesmal nicht ich in der Tasche saß, das hatten wir auch schon, und habe beide neugierig an der Tür erwartet. Die kleine Katze ist aus der Tasche gehüpft und hat sich in sicherer Entfernung von Madame hingesetzt. Allerdings nicht lange. Dann ist sie, ohne zu humpeln, in die Küche zum Futternapf gegangen und hat erst einmal gefressen. Das war sowieso ihre Lieblingsbeschäftigung, aber vielleicht hat sie es diesmal auch zur Entspannung gebraucht.

Madame war überglücklich, dass Jenny nicht mehr lahmte. Eigentlich hatte sie am Morgen beschlossen, die Verabredung ins Theater am Abend wegen der kleinen Katze abzusagen. Nachdem es Jenny nun scheinbar gut ging und die kleine Katze sowieso Ruhe nach dem stressigen Tierarztbesuch brauchte, ging Madame am Abend aus. Ziel war nicht eine der großen Bühnen meiner Stadt, sondern eines der kleinen Häuser. Aufgeführt wurde ein Stück über Tiere. Ich erinnere mich genau, weil es für lange Zeit der letzte Anlass sein sollte, an dem Madame unbeschwert gelacht hat. Das Stück, bei dem die Schauspieler, welche die Elefanten darstellten, Schiffstaue als Rüssel umgebunden hatten, gefiel ihr sehr gut.

Die kleine Katze hat zwar nicht mehr gehumpelt, aber ihr Bauch wurde am nächsten Tag zusehends dicker und sie hörte auf zu fressen. Das war wirklich sehr bedenklich. Nicht nur weil, wie ich schon erwähnte, fressen ihre Lieblingsbeschäftigung war. Kaum hatte ich gegessen, wechselte sie von ihrem Napf zu meinem Napf, fraß ihn schmatzend blitzeblank leer, wechselte dann zurück zu ihrem und schleckte auch den leer, bis die Schüssel glänzte. Sollte sie nicht alles bis zum letzten Rest schaffen, versuchte sie das übriggebliebene Futter unter dem Parkettboden zu verscharren. Das hat natürlich nie geklappt, aber einen Versuch war es ihr täglich wert.

Als Jennys Bauch immer praller wurde, dachte Madame zuerst, die beiden Spritzen des Tierarztes wären schuld daran. Gleichzeitig war ihr bewusst geworden, dass Jenny seit Tagen keinen Stuhlgang mehr hatte. Also hat sie die kleine Katze nochmal eingepackt und ist mit ihr zum Rocker-Tierarzt. Der hat der kleinen Katze einen Einlauf gemacht und Madame ein Schmiermittel verkauft, mit dessen Zutat das Essen leichter durch den Bauch der kleinen Katze gleiten sollte. Zuhause angekommen hat Jenny erst einmal drei Teppiche mit grüner Brühe vollgekotzt. Madame war voller Sorge, führte das Kotzen aber auf die Aufregung zurück. Der Einlauf hatte auch nichts gebracht, außer dass Jenny einen Teil des Wassers wieder herauspinkelte. Madame war stinkwütend auf den Tierarzt. Die kleine Katze wollte nur noch schlafen und zog sich erschöpft auf ihr Kratzbrett zurück. Blöderweise war an diesem Tag unsere Haushaltshilfe Pola da, die mit dem Staubsauger, den die kleine Katze nie leiden konnte, durch die Wohnung stapfte. Madame war sehr froh, als Pola endlich weg war. Die kleine Katze schlief und schlief und schlief. Sie fraß nicht mehr. Am Abend telefonierte Madame aufgelöst mit ihrer Schwester. Da es der kleinen Katze keineswegs besser ging, würde sie mit ihr nochmal zum Tierarzt gehen. Ihre Schwester stellte dann die entscheidende Frage:

„Hast du noch Vertrauen zu dem Tierarzt?"

Nach einer vorschnellen Diagnose und der Verschlechterung des Zustandes der kleinen Katze war die Antwort eindeutig.

„Nein."

Eine grausame Entdeckung

Madame war aufgewühlt, die kleine Katze krank und ich sauer, weil sich alles um die kleine Katze drehte. Ausgerechnet jetzt, wo wir alle Ruhe gebraucht hätten, ging es turbulent zu. Am nächsten Morgen kamen drei Nichten von Madame mit zum Platzen gefüllte Rucksäcken aus Thailand zurück: Annabell, Birgitta und Camilla. Nennen wir sie der Einfachheit halber Nichte A, Nichte B und Nichte C. Sie hatten die Absicht, einen Stadtbummel zu machen, die Weihnachtsmärkte zu besuchen und, so wie Monate vorher ausgemacht, bei Madame zu übernachten. Also ob sie nicht schon genug eingekauft hätten!

Der Zeitpunkt war mehr als ungünstig. Die kleine Katze lag matt auf dem Bettvorleger im Schlafzimmer. Madame hatte sämtliche Heizungen in der Wohnung voll aufgedreht, damit es die kleine Katze warm hatte. Sie sprach mit Nichte A, die einen Heilkundeberuf ausübt, über die Beschwerden der kleinen Katze und über ihre Absicht, meine Tierärztin um einen Haustermin zu bitten. Madame war inzwischen überzeugt, dass die kleine Katze akute Verstopfung hatte und operiert werden musste. Nichte A, nebenbei bemerkt die Lieblingsnichte von Madame, brachte sie vom Haustermin ab, denn der würde erst mittags oder nachmittags sein. Und es war Freitag! Das würde bedeuten, dass irgendwelche Maßnahmen, falls welche nötig sein sollten, am Wochenende nicht mehr stattfinden könnten. Also rief Madame in der Tierarztpraxis an, schilderte den Zustand der kleinen Katze und durfte sofort kommen. Dort arbeiten mehrere Ärztinnen, meine war bedauerlicherweise im Urlaub. Die kleine Katze war schwach, so hatte ich sie noch nie gesehen, und wollte nicht mehr in die blaue Tasche, aber Madame hat es irgendwie geschafft, sie zu überzeugen. Im Taxi fuhren beide davon.

In der Tierarztpraxis mussten sie im Wartezimmer Platz nehmen, ein Hund war noch in Behandlung. Die Tasche hatte Madame so weit geöffnet, dass die kleine Katze den Kopf herausstrecken konnte. Mit großen Augen, leicht ängstlich, aber interessiert, hat sie um sich geblickt. Am liebsten hätte sie die Tasche verlassen, das konnte Madame aber nicht erlauben, weil ja gleich ein Hund vorbei spazieren würde und niemand wusste, ob mit oder ohne Leine. Und ob es ein umgänglicher Hund sein würde, wie unser Fridolin, oder ein gemeiner Kläffer, war auch nicht klar.

Als nach ungefähr einer viertel Stunde die Tür zum Sprechzimmer aufging, hechelte mit federndem Gang, erhobenem Schwanz und ohne Leine ein rotbrauner Setter vorbei, ohne auch nur zu ahnen, dass er von einer Katze beobachtet wurde.

Typisch. Hunde sind unglaublich dämlich, aber wie dämlich sie sind, das verblüfft mich immer wieder neu. Meine beiden Mitbewohnerinnen wurden von einer Ärztin mit kurzen Haaren abgeholt. Im Sprechzimmer war noch eine zweite Ärztin mit langen Haaren anwesend, die sie sich zurückgebunden hatte. Sie war, wie sich wenig später herausstellte, für Ultraschalluntersuchungen zuständig.

Madame stellte die Tasche mit der kleinen Katze auf den Behandlungstisch und zog den Reißverschluss zurück. Jenny kletterte neugierig heraus, um das ungewöhnliche Zimmer mit den vielen Tischen, Geräten und Lampen zu betrachten. Kurz und bündig erklärte Madame die ganze Vorgeschichte, beschrieb die bisherige Behandlung beim Tierarzt und zog wieder ihr, wie sich gleich zeigen sollte, nicht nur äußerst laienhaftes, sondern total falsches Fazit:

„Ich bin sicher, Jenny hat chronische Verstopfung oder Darmverschluss, ich glaube, sie muss operiert werden."

Sie war sich so gewiss, weil sie an Fridolin, den Hund von meinem Nachbarn, denken musste. Er hatte einmal einen Pfirsichkern verschluckt und dadurch Darmverschluss bekommen. So doof kann nur ein Köter sein. Auch wenn Fridolin für einen Hund ganz anständig ist, doof bleibt er trotzdem. Jedenfalls war er nach der Operation wieder top-fit. Tatsächlich bestand die Möglichkeit, dass die kleine Katze auch irgendetwas gefressen hatte, das ihr jetzt im Magen lag und den Darm verstopfte.

Die Ärztin mit den kurzen Haaren, hatte sich alles angehört und tastete die kleine Katze ab, die andere sah zu. Das Dschinnchen war ruhig, weil Madame da war.

„Wären Sie einverstanden, wenn wir einen Ultraschall machen würden?", meinte die Ärztin mit den kurzen Haaren.

„Ja natürlich, wir müssen abklären, was los ist."

Madame war sehr besorgt, aber sachlich und umsichtig. Noch!

Die Ultraschallärztin trug die kleine Katze achtsam zu einem anderen Tisch und legte sie auf ein Polster, das eine Kuhle hatte, so dass die kleine Katze auf dem Rücken lag. Die Ärztin mit den kurzen Haaren hielt ihre Hinterläufe, Madame musste die Vorderpfoten halten. Die kleine Katze war so brav, wehrte sich nicht, aber Madame hätte heulen können, als sie ihren Liebling so ausgeliefert auf dem Rücken liegen sah.

„Wir müssen die Haare entfernen, weil die sich sonst elektrisch aufladen und das Bild verfälschen."

Mit diesen einleitenden Worten begann die Ultraschallärztin, den Bauch der kleinen Katze zu rasieren, bis deren rosa Haut zum Vorschein kam.

„Ich gehe jetzt mit der Sonde über den Bauch, am Bildschirm können wir den Befund erkennen."

Während sie sachkundig mit der Sonde hantierte, richtete sie ihr Augenmerk gleichzeitig auf den Bildschirm.

„Sehen Sie. Hier ist Wasser im Bauch. Das hat da nichts zu suchen und gehört eigentlich in die Blase. Jenny hat den ganzen Bauch voll. Das gefällt mir gar nicht."

Dann tastete sie weiter mit der Sonde den Bauch ab, sagte aber nichts mehr, sondern starrte nur noch auf den Bildschirm. Madame sah aus dem Augenwinkel, dass die Ärztin mit den kurzen Haaren auch mit maskenhaftem Gesicht den Bildschirm fixierte.

Mit einem Mal war die Luft zum Schneiden dick und die Stille unerträglich. Endlich sprach die Ultraschallärztin langsam und jedes Wort abwägend, während sie Madame in die Augen schaute:

„Ich habe leider eine ganz schlechte Nachricht für Sie."

„Was ist los? Bitte sagen Sie mir alles."

„Jenny hat den Bauch voller Tumore."

Nach einer ersten Schrecksekunde sagte Madame:

„Und was können wir dagegen machen?"

Die Tränen schossen ihr in die Augen, weshalb ihr die Ärztin mit den kurzen Haaren Papiertücher reichte. „Gegen die Tumore nichts. Katzen sind so hart im Nehmen. Die zeigen oft erst ganz am Ende, was sie tragen."

„Ganz am Ende …?" Madame schluchzte und schnäuzte sich. „Entschuldigung."

„Wollen Sie Jenny noch einmal mit nach Hause nehmen?" Das Gespräch führte jetzt die Ultraschallärztin, die offensichtlich mit dem Gedanken spielte, Jenny unverzüglich abzumurksen.

„Ja, natürlich kommt sie mit mir nach Hause. Hat sie Schmerzen?"

„Ich gebe ihr eine Kortisonspritze."

„Was können wir noch tun, damit es ihr besser geht?" presste Madame heraus.

„Ich kann ihr einen Teil des Wassers aus dem Bauch ziehen."

„Ja, tun Sie das bitte."

Die kleine Katze war aufgestanden, Madame streichelte sie.

„Oh, sie verliert büschelweise Haare."

„Das ist unter Stress ganz normal", meinte die Ultraschallärztin. Sie hatte inzwischen eine Plastikspritze mit einem kleinen Schlauch bestückt und eine nierenförmige Auffangschale auf den Tisch neben die kleine Katze gestellt.

Professionell stach sie der kleinen Katze in den geschwollenen Bauch und innerhalb weniger Minuten flossen exakt 500 Milliliter Flüssigkeit aus Jenny heraus und in die nierenförmige Auffangschale hinein. Unglaublich. Die kleine Katze hatte einen halben Liter Wasser im Bauch gehabt, eine Milchtüte voll! Unser Dschinnchen spürte, dass ihr das gut tat, denn sie hielt während der Prozedur ganz still, hat Madame später erzählt.

„Das reicht und wird ihr Erleichterung verschaffen", sagte die Ultraschallärztin. Madame durfte die kleine Katze wieder auf den Untersuchungstisch tragen.

„Ich würde Sie gerne trösten, aber ich weiß, ich kann es nicht." Die Ultraschallärztin meinte es gut mit Madame.

Madame bibberte und schniefte, obwohl sie versuchte sich zusammenzureißen, um die kleine Katze nicht noch mehr zu beunruhigen.

„Sie sehen wahrscheinlich öfter heulende Menschen in der Praxis, nehme ich an." Ihre Nase tropfte.

„Ja, unseligerweise gehört das zu unserem Beruf." Die Ultraschallärztin reichte ihr frische Papiertücher.

Die Ärztin mit den kurzen Haaren schaltete sich ein:

„Sie haben noch einen ganzen Tag Zeit, um sich von Jenny zu verabschieden. Ich würde Sie morgen anrufen und nach Praxisschluss am späten Nachmittag vorbeikommen. Wollen Sie sie im Garten vergraben?"

Woher sollte Madame das wissen? Eine halbe Stunde vorher hatte sie noch keine Ahnung, dass Jenny schwer krank war. Sie erwiderte nur: „Ich habe keinen Garten."

Was gar nicht stimmt, wir haben vier Gärten, zumindest ich habe vier Gärten, Madame nutzt einen, aber der gehört ihr nicht, der ist für alle in meinem Haus. Aber ich glaube, in diesem Moment hätte sie gerne einen eigenen Garten gehabt, um die kleine Katze nach deren Tod zu vergraben. Bestimmt würde sie dann einen Rosenstock auf das Grab pflanzen, weil die kleine Katze diese Blumen so sehr liebte. Besonders gern hatte sie pinkfarbene Rosen.

„Soll sie verbrannt werden?"

„Hm." Madame meinte „Ja", brachte es aber nicht heraus. Ihre Kehle war zugeschnürt, alles ging so schnell, sie war völlig überfordert.

„Möchten Sie das Formular für das Krematorium schon mitnehmen und ausfüllen?"

Madame schüttelte den Kopf.

„Nein."

Das sagte sie nicht nur, weil sie damals, beim Verkehrsunfall von Lilith, falsche Angaben gemacht hatte. Die angekreuzte Sammeleinäscherung hatte sie am nächsten Tag durch einen Anruf im Krematorium rückgängig gemacht und in eine Einzeleinäscherung umgewandelt. Der eigentliche Grund, warum Madame das Formular nicht ausfüllen wollte war, dass sie den Tod von Jenny nicht akzeptieren konnte und nicht akzeptieren wollte. Ganz bestimmt würde sie den Zettel nicht ausfüllen, solange die kleine Katze am Leben war. Die spazierte inzwischen vorsichtig, aber mit großem

Interesse an ihrer Umgebung, über den Untersuchungstisch, bis die Ultraschallärztin aus Versehen die Auffangschale, die sie gerade säuberte, fallen ließ. Die kleine Katze zuckte zusammen und Madame versuchte, Jenny und sich selbst aufzumuntern.

„Hier geht es zu wie bei uns in der Küche Dschinnchen." Madame gab sich Mühe ruhig zu bleiben. Die Ärztin mit den kurzen Haaren lächelte.

Vorsichtig hob die Ultraschallärztin die kleine Katze in die Tasche. Madame ging mit der Tasche unter dem Arm und gemeinsam mit der Ärztin mit den kurzen Haaren zur Rezeption und bezahlte die Behandlung.

„Könnten Sie mir bitte ein Taxi rufen? Ich nehme solange mit Jenny im Warteraum Platz."

„Ja natürlich. Dann sehen wir uns morgen. Auf Wiedersehen."

„Auf Wiedersehen." Wieder heulte Madame. Sie wollte die Ärztin morgen nicht wiedersehen.

Hinter der Stirn von Madame hämmerte es, sie hatte das Gefühl, ihr Schädel stände kurz vor der Explosion. Die kleine Katze streckte den Kopf wieder aus der Tasche und musterte erneut die Einrichtung des Wartezimmers. Jenny war nicht unterzukriegen. Madame legte den Arm um sie, als der nächste Patient, wieder ein Hund, samt

Begleitung hereinkam. Sie wollte ihre kleine Katze ab sofort vor jeder Aufregung schützen.

Anders als der Taxifahrer, der die beiden zur Tierarztpraxis gebracht hatte, war die Taxifahrerin unfreundlich. Madame dachte, vielleicht hat sie Sorgen, jedenfalls hat sie offensichtlich keine Lust zum Taxifahren. Auch wenn sie lieber mit jemand anders gefahren wäre, nahm Madame mit der kleinen Katze auf dem Rücksitz Platz, sprach mit ihrem Dschinnchen und weinte gleichzeitig leise vor sich hin.

Zuhause angekommen, schien das Kortison zu wirken. Ich wartete schon ungeduldig auf die beiden. Die kleine Katze sah ziemlich zerzaust aus und war etwas wackelig auf den Beinen, als sie die Tasche verließ. Aber sie wendete sich Richtung Futterstelle, was Madame freute. Madame öffnete eine der Dosen, die nicht zum Katzenfutter zählen, sondern deren Inhalt – äußerst leckerer Thunfisch – fast ausschließlich von ihr selbst verspeist wird. Wir bekamen nur sehr selten etwas davon, angeblich ist der zu salzig für Katzen. Doch ich vermute, Madame will einfach nicht teilen.

„Dschinnchen, ab jetzt bekommst du alles, was du willst, mein Schatz."

Ich verstand zwar nicht wieso die kleine Katze ab jetzt alles bekommen sollte, was sie wollte, da ich aber auch die Hälfte erhielt, war es mir egal. Natürlich hätte mir mehr zugestanden, aber die kleine Katze musste zu Kräften kommen, das war offensichtlich. Wenn sie endlich gesund sein würde, konnte Madame wieder mehr Zeit mit mir verbringen.

Henkersmahlzeit

Da die Nichten bald vom Stadtbummel zurückkehren würden, beeilte sich Madame, für die kleine Katze einen ruhigen Platz weit weg von der Wohnküche einzurichten, in der in kürzester Zeit Trubel herrschen würde. Sie räumte den Platz vor der Heizung im Schlafzimmer frei, faltete den 80 Jahre alten Kelim, den sie aus dem Nahen Osten mitgebracht hatte, mehrfach zu einer weichen Unterlage zusammen und stellte eine Wasserschale dazu. Warum sie auf so altes Zeug steht, bleibt mir ein Rätsel, jedenfalls war der Kelim ein nützliches Mitbringsel, weil er in die Kategorie fällt „kann zerfetzt werden", was er inzwischen dank Teamarbeit von mir und der kleinen Katze auch war. Madame war darüber nicht glücklich, aber Schwamm drüber. Nichts ist für die Ewigkeit.

Es dauerte nicht lange und die kleine Katze ließ sich auf dem Kelim nieder und schlief unverzüglich, mit dem Kopf zwischen den Vorderpfoten, völlig entkräftet ein.

Als die Nichten zurückkamen, wollten sie als erstes das Ergebnis der Untersuchung in der Tierarztpraxis wissen. Madame schilderte alles unter Tränen.

„Wäre es dir lieber, wenn wir heute nicht hier übernachten würden, damit du dich von Jenny verabschieden kannst?" fragte Nichte A. Sie war nicht umsonst die Lieblingsnichte von Madame. Diese hatte gehofft, dass eine der Nichten das vorschlagen würde. Sie mochte Nichte A jetzt noch lieber, als sie es ohnehin tat.

„Du weißt, wie sehr ich mich auf euch gefreut habe, aber es würde Jenny und mir sehr helfen, wenn ihr nicht übernachten würdet. Ich richte ein Abendessen für uns alle, bevor ihr fahrt."

„Danke."

Madame freut sich immer sehr, wenn sie Verwandtschaft bei sich hat, nur an diesem Tag war es nicht so. Sie wollte Stille für Jenny und für sich selber.

Als sie zum Abendbrot am Küchentisch zusammensaßen, habe ich mehrmals vorbeigeschaut, um mich streicheln zu lassen, war aber zwischendurch auch im Garten, um zu überwachen, ob Mäuse in Sicht waren, oder Katerfeind Findus, von dem schreibe ich später. Bei diesem Abendessen aß Madame sehr wenig, eigentlich gar nichts. Sie schob das Essen hin und her auf dem Teller, und wenn sie etwas aß, sah es aus, als ob ihr der Bissen im Hals steckenbleiben würde. Die anderen redeten über Thailand, über die verschiedenen Souvenirs und über Weihnachtsmärkte. Madame stand spätestens alle 15 Minuten auf, ging zur kleinen

Katze und kam jedes Mal mit Wasser in den Augen zurück an den Tisch.

Wie ein Häufchen Elend döste das Dschinnchen auf dem Kelim an der Heizung. Sein Köpfchen lag manchmal, offensichtlich wenn die kleine Katze vorher Wasser getrunken hatte, auf dem Rand der Wasserschale. Es war ein Bild so traurig, dass ich es nicht mehr ertragen konnte. Es sah aus, als würde sie jeden Moment aufhören zu atmen. Bestimmt kam das durch den Stress und die Erschöpfung bei den Tierärztinnen.

In der Küche entwickelte sich eine ziemlich spannende Diskussion, der ich entnahm, dass die kleine Katze ermordet werden sollte.

„Ich fühle mich so schlecht, weil ich Jenny einschläfern lassen muss. Das Wort klingt so beschönigend. Aber es bedeutet umbringen, töten … nichts anderes." Das waren die Worte von Madame.

„Du erlöst sie damit, dann hat Jenny keine Schmerzen mehr", meinte Nichte B.

„Durch die Spritze spürt sie die Schmerzen nicht." Madames Stimme klang trotzig.

„Ich finde wir gehen mit kranken Tieren, die eingeschläfert werden dürfen, humaner um, als mit Menschen, die schwerkrank sind. Die müssen in die Schweiz fahren, damit sie selbstbestimmt sterben können, weil es hier nicht erlaubt ist." Ihre

Lieblingsnichte kannte etliche Fälle von Menschen, die gerne sterben wollen, aber nicht dürfen, und zählte die nun alle auf.

„Dabei gibt es einen großen Unterschied, und den hast du bereits genannt", warf Madame ein. „Menschen können selber entscheiden, ob sie leben oder sterben wollen. Jenny darf das nicht. Ich entscheide über ihren Kopf aufgrund der Ausführungen der Tierärztin. Das ist etwas komplett anderes. Und woher kann ich wissen, ob nicht auch ein Tier Schmerzen eine bestimmte Zeit aushalten will, tragen will? Einfach so über Leben und Tod zu entscheiden, finde ich anmaßend. Das Sterben gehört zum Leben dazu, ich kann einem Wesen doch nicht seine Sterbeerfahrung nehmen. Es ist meine Pflicht, Jenny bis zum letzten Atemzug zu begleiten. Sie muss ihren eigenen Weg selber zu Ende gehen dürfen. Mit welchem Recht nehme ich ihr diese Entscheidung ab?"

„Du machst es dir nicht leicht dabei, sondern eine Menge Gedanken dazu", beschwichtigte Nichte C.

„Du entscheidest zum Besten von Jenny, weil sie nicht entscheiden kann", ergänzte Nichte B.

„Woher wissen wir, dass sie sich nicht entschieden hat, noch zu leben? Und wie ist es bei Wildtieren? Oder wie war es in früheren Zeiten, als es keine Tierärzte für Katzen gab? Da sind die

Tiere auch gestorben, ohne dass sie eingeschläfert wurden." Madame haderte mit dem Gedanken, sich als Richterin über Leben und Tod eines Geschöpfes aufzuspielen.

„Das waren andere Zeiten. Kranke und schwache Tiere wurden von Wölfen oder anderen Tieren gerissen. In der Stadt funktioniert das nicht mehr", gab die Lieblingsnichte zu bedenken.

Mit ihren Gedanken und Argumenten stand Madame an diesem Abend allein auf weiter Flur. Alle drei Nichten waren davon überzeugt, dass es für ein sterbenskrankes Tier viel besser wäre, eingeschläfert zu werden, als langsam dahinzusiechen. Und das bezog sich natürlich auf die kleine Katze. Wie konnten die drei nur so jung und schon so herzlos sein.

Meine Gäste gingen um 22 Uhr, sie hatten noch drei Stunden Zugfahrt vor sich. In aller Regel begleitet Madame Gäste zum Bahnhof, aber nicht an diesem Abend. Sie wollte der kleinen Katze nicht mehr von der Seite weichen. Hatte sie doch nur noch einen knappen Tag mit ihr, bis die Ärztin kommen und sie töten würde. Das dachte Madame zumindest.

Madame hat dann so leise wie möglich abgespült, um die kleine Katze nicht zu wecken. Todtraurig ist sie ins Bett gegangen, hat ihr Gesicht in die Kissen gedrückt und geweint, bis die Kissenbezüge patschnass waren. In der Nacht stand Madame mehrmals auf, um nach der kleinen Katze zu sehen, die unverändert erschöpft auf ihrem Platz unweit vom Bett lag.

Als Madame am Morgen erwachte, war die kleine Katze verschwunden. Sie hatte sich auf unser Kratzbrett im Flur nahe am Wohnungseingang an die Heizung getrollt. Madame verstand nicht, warum die kleine Katze sich den Flur als Ruheplatz (und – was wir zu dem Zeitpunkt noch nicht wussten – als Sterbeplatz) ausgesucht hatte, dabei war es für mich, gescheit wie ich bin, offensichtlich: Von dieser Stelle aus hatte die kleine Katze nicht nur die Eingangstür und vier der acht Zimmertüren im Blick, sondern konnte zudem genau auf den Arbeitsplatz von Madame im Büro sehen. Die Platzwahl war von ihr wohldurchdacht. Kein Köter wäre jemals auf diese geniale Idee gekommen. Als Madame ihr eine Wasserschale hinstellte, schaute Jenny kurz auf, maunzte kläglich fragend und schlummerte weiter. In den nächsten Stunden aß sie nichts, trank nur aus der Wasserschale vor ihrer Nase und tapste ab und zu sehr langsam zum Katzenklo, um noch langsamer in die knirschende Katzenstreu hineinzusteigen und zu pieseln.

Madame saß inzwischen am Schreibtisch nur zwei Meter von der kleinen Katze entfernt und sah sie immer wieder an. Es wollte ihr nicht in den

Kopf, dass sie sich heute endgültig von ihr verabschieden sollte. Manchmal sah die kleine Katze sie so wach an. Sie war viel zu lebendig, geistig viel zu rege, um zu sterben. Als am späten Nachmittag die Tierärztin anrief, um zu sagen, dass sie in der nächsten halben Stunde vorbeikommen würde, stand Madame am Fenster und betrachtete das Abendrot. Morgen um diese Uhrzeit würde die kleine Katze nicht mehr leben.

Es sollte anders kommen.

Erster Besuch der Tierärztin

Die kleine Katze hat es allen gezeigt. Als die Tierärztin klingelte, lag Dschinnchen immer noch apathisch im Gang, obwohl sie im Normalfall sofort flüchtete, wenn sie die Türglocke hörte. Ihr schien alles egal zu sein. Das änderte sich schlagartig, als die Tierärztin mit den kurzen Haaren samt der klobigen Arzttasche im Türrahmen stand. Die kleine Katze rappelte sich auf und wollte wie üblich ins Schlafzimmer unter das Bett flüchten, aber die Tür war zu. Madame hatte sie absichtlich zugemacht, damit die kleine Katze nicht abhauen konnte. Wie gemein von ihr. Also floh sie in die Bibliothek. Als Madame mit der Ärztin kam, ging die kleine Katze offensiv auf beide zu und strich ihnen abwechselnd maunzend um die Beine. Ich konnte es nicht fassen. Vom Totenbett aufgestanden und nicht wieder zu erkennen! Madame nahm sie auf den Arm, ging langsam mit ihr ins Wohnzimmer und setzte sich mit ihr aufs Sofa, damit die Tierärztin einen Blick auf die kleine Katze werfen und sie umbringen konnte. Was für ein übles Komplott!

„Ich glaube, sie will noch nicht gehen", sagte Madame verstört. Einerseits wollte sie, dass die kleine Katze vom Leiden erlöst wurde. Andererseits war sie unfähig, über den Kopf der kleinen Katze zu entscheiden. Sie hatte in dem Moment jede innere Bindung sowohl zum Dschinnchen als auch zu sich selbst verloren und die ganze Verantwortung an die Tierärztin abgetreten.

Die Tierärztin, die ihr Mordwerkzeug in Form einer Spritze in Händen hielt, musterte Dschinnchen und wirkte ebenfalls unentschieden. Eine einzige hatte die Situation nicht nur satt, sondern auch im Griff: Jenny. Sie hüpfte vom Arm von Madame auf das Sofa, von dort auf den Fußboden und brannte durch. Nachdem die anderen beiden offensichtlich unfähig dazu waren, übernahm die kleine Katze das Regiment und für sich selbst die Fürsorge.

Die Ärztin sah ihr verblüfft nach. „Ja, ich glaube Sie haben Recht, sie ist noch nicht soweit. Manchmal muss man ein Tier in seiner Umgebung sehen, um sich ein Urteil zu bilden. Rufen Sie mich am Montag an."

Sie hatte sich doch gar kein Urteil gebildet, das hatte ihr die kleine Katze abgenommen, indem sie nonverbal und dabei unmissverständlich ihren Entschluss verkündete. Sie wollte leben oder brauchte zumindest noch Zeit für den Abschied vom Leben.

Nachdem sich Madame mehrmals rückversichert hatte, dass die kleine Katze am Wochenende durch die Kortisongabe keine Schmerzen haben würde, war sie überglücklich und packte der Tierärztin zum Abschied einen der beiden lachsfarbenen Weihnachtssterne ein, die sie kürzlich gekauft hatte; so sehr freute sie sich, dass sie die kleine Katze noch bei sich haben durfte. Ja, natürlich weiß sie, dass Weihnachtssterne für Katzen giftig sind, aber die standen hoch oben auf einem Schrank, unerreichbar für uns. Und wir sind ja nicht bescheuert, wir fressen vieles, aber nicht alles, selbst wenn es rosa ist wie ein Lachs. Im Garten steht auch meine giftige Eibe und ich habe sie noch nie angebissen, sondern entspanne mich darunter.

Vom Schreibtischstuhl aus hatte ich alles beobachtet. Das war eine Position, in der mich die Tierärztin sah und gebührend bewundern konnte, was sie auch tat:

„Das ist ja ein Prachtkerl."

Ungefähr mit dieser Reaktion hatte ich gerechnet. Gleichzeitig fühlte ich mich geschützt und hätte jederzeit abhauen können, wenn sie mit oder ohne Ledertasche auf mich zugekommen wäre.

Und wie ging es Madame? Sie fühlte sich an diesem Abend mit Recht ziemlich schäbig. Die kleine Katze wollte noch leben und tief in ihrem Herzen hatte Madame das seit der Diagnose gewusst. Trotzdem hätte sie sie töten lassen. Wie Grauen erregend. Madame heulte wieder die ganze Nacht, aber diesmal über sich. Ich hatte kein Mitleid mit ihr.

Die kleine Katze nimmt Abschied

Am nächsten Morgen erwartete uns eine große Überraschung. Die kleine Katze war vom Kratzbrett aufgestanden, zu den Futternäpfen gewackelt und aß. Wenig, aber sie aß. An diesem Tag wählte sie immer wieder abwechselnd ihren Schlafplatz zwischen Flur und Schlafzimmer. Als Madame im Wohnzimmer auf unserem orangen Sofa einen Kaffee trank, um die kleine Katze nicht zu stören, kam Jenny, sprang hoch und legte sich auf das blaue, herzförmige Samtkissen direkt neben Madame. Es war so traurig anzusehen, wie Madame nun ganz leicht und vorsichtig den rechten Arm um die kleine Katze legte. Langsam, ganz langsam schob sich die kleine Katze Zentimeter für Zentimeter vom Kissen auf die Knie von Madame hinüber, legte ihren Kopf in deren linke Hand und schlief ein. Es begann zu schneien, als die kleine Katze begann, sich zu verabschieden. Lautlos fielen große Flocken vom Himmel und bedeckten allmählich den Boden in meinem Garten wie ein weißes Betttuch aus unserem Schlafzimmer. Alle Gräser, die die kleine Katze so sehr liebte, begrub der Schnee unter sich. Madame wäre so bis zum Sankt Nimmerleinstag mit ihr gesessen. Völlig miteinander verschmolzen sahen sie aus. Wie eine Skulptur. Madame wagte kaum zu atmen, um die kleine Katze nicht zu erschrecken. Den Plan mit einer Freundin zum Stadt-fest zu gehen, hatte sie längst gestrichen, sie hatte alle Treffen für die nächsten Tage abgesagt. Auch jetzt, viele Monate später, denkt Madame oft an diese halbe Stunde zurück. Um nichts auf der Welt hätte sie darauf verzichten wollen. Sie meint, nie vorher und nie nachher war sie so innig mit der kleinen Katze verbunden gewesen. Und das hätte sie nicht erlebt, wenn die kleine Katze am Vortag umgebracht worden wäre.

„Was würde ich darum geben, wenn du einfach so hinüberschlafen könntest Dschinnchen, einfach einschlafen und auf die andere Seite wechseln."

Mir war nicht klar, was sie mit der anderen Seite meinte, aber es wurde zumindest deutlich, dass sie die kleine Katze nicht killen wollte.

Dass sie dabei wieder geheult hat, brauche ich nicht zu erwähnen. Als ich dazu kam, stand die kleine Katze auf und wankte zu ihrem Kratzbrett. Sie wollte mich nicht dabei haben bei ihrem Abschied von Madame. Irgendwann in der Nacht legte sie sich – anders als die letzten Nächte – noch einmal, ein letztes Mal, wie sich herausstellen sollte, zu Madame ins Bett und schlief in ihren Armen ein. Aber sie blieb nicht mehr die ganze Nacht bei ihr, sondern zog sich im Laufe der Nacht von allen unbemerkt auf ihr Kratzbrett an der Heizung zurück.

Längst hatte ich es verstanden. Die kleine Katze war am Sterben, was bedeutete, dass sie bald nicht mehr da sein würde, einerlei ob sie abgemurkst werden würde oder nicht. Deshalb beschloss ich, ihr ein Abschiedsgeschenk zu machen.

Wie sie gequietscht hat! Nein, nicht die Maus, die konnte nicht mehr, sondern Madame, als sie früh am nächsten Tag eine halbe Maus im Futtertrog entdeckt hat. Die andere Hälfte hatte ich schon gegessen, weil der Bauch der kleinen Katze ja verstopft war. Eine ganze Maus wäre zu viel für sie gewesen. Madame hatte sich erst gewundert, dass der Napf so voll war, bis sie genauer hinsah und mein Geschenk für die kleine Katze entdeckte.

Und was machte die Spielverderberin? Schüttet den Napfinhalt, also die halbe Maus samt Trockenfutter, auf dem ich sie kunstvoll platziert hatte, in eine Tüte und wirft diese in die Mülltonne im Garten. Das zeigt, dass sie keinen Dunst hat, wie lange es dauert, bis man eine Maus fängt. Außerdem war es kein Geschenk für sie, sondern für die kleine Katze. In manchen Momenten ist Madame nicht nur übergriffig, sondern fast so doof wie ein Hund.

Nachbarkater Findus

Am Abend war Findus da, also er hat vor dem Badezimmerfenster gesessen. Man muss sich das vorstellen! Er ist tatsächlich MEINE Katzenleiter hochgeklettert und saß vor MEINEM Fenster. Unerhört. Irgendwie muss er gespürt haben, dass die kleine Katze krank war; denn ich bin sicher, er wollte nach ihr sehen. Findus ist eine Tonne. Ein untersetzter Main Coon Kater, ein Fellmonster. Und er war – vielleicht ist er es heute noch – in die kleine Katze verliebt. Er wohnt bei Heddi.

Heddi und Madame haben sich vor ein paar Jahren an einem Sommerabend getroffen. Madame lehnte sich aus dem Badezimmerfenster, um nach mir Ausschau zu halten. Sie macht sich immer große Sorgen, wenn ich draußen bin. Aber drinnen gibt es halt keine Mäuse, außer wenn ich sie anschleppe und freilasse. Das mache ich nur mit den älteren Mäusen, die jüngeren schätze ich als Snack. Jetzt macht es keinen Spaß mehr Mäuse zu bringen, weil die kleine Katze tot ist. Wir hatten die perfekte Arbeitsteilung. Ich brachte die Mäuse in die Wohnung. Sobald sie drin waren, ließ ich sie frei. Es gehörte zu den Aufgaben der kleinen Katze, sie zu fangen. Bei der ersten Maus, die ich ihr geschenkt hatte und welche die kleine Katze auch in der Wohnung erwischt hat, hat Jenny geknurrt und vibriert, als Madame versucht hat, an die Maus zu kommen. Nicht weil sie sie essen, sondern weil sie sie aus dem Fenster schmeißen wollte. Total bekloppt. Wie stolz war die kleine Katze auf ihre erste Maus, die sie gegen Madame wehrhaft verteidigen konnte.

Also Heddi stand damals im Sommer abgeschminkt und im leichten Bademantel, es war am Abend noch warm, vor unserem Badezimmerfenster. Sie ist jünger als Madame, ungefähr 30 Jahre, blond, lange Haare. Wahrscheinlich hat Madame vor 25 Jahren ähnlich ausgesehen:

„Haben Sie zufällig Findus gesehen?"

„Äh, wer ist Findus?"

„Mein Kater. Er ist ein Main Coon, erst zwei Jahre alt und ziemlich groß, aber noch nicht ausgewachsen." Stolz klang aus ihrer Stimme.

Madame hatte ihn nicht gesehen, doch Heddi und sie tauschten sofort Namen und Telefonnummern aus, um sich zu benachrichtigen, sollte irgendetwas mit ihren Katern sein. Mit IHREN Katern! Ich hatte alles von meinem Lieblingsplatz unter der Eibe beobachtet und bin fast ausgerastet. Ich bin nicht IHR Kater, sondern sie ist MEINE Madame! Wann kapiert sie das endlich! Ich nahm mir vor, aus Protest auf den Deckel der Katzenstreukiste zu pinkeln, meinen bevorzugten Platz für Demonstrationen und Kundgebungen aller

Art, oder, noch besser, eine Maus auf den Parkettboden in der Küche zu kotzen. Das war ein guter
Plan. Ich habe ihn optimiert, indem ich beides gemacht habe – gepinkelt und gekotzt.

Findus kam oft in meinen Garten geschlichen,
um einen Blick auf meine kleine Katze am Fenster
zu erhaschen. Allerdings immer nur nachts. Ich bin
anders als er auch tagsüber unterwegs und durch-
streife die Höfe und Gärten. Wenn die kleine Katze
im Garten war und ihn auch nur von weitem gesehen hat, ist sie sofort geflüchtet. Ohren schräg nach
hinten und ab die Post über die Katzenleiter zu
Madame. Einmal kam Findus sogar in die Wohnung, um ihr den Hof zu machen. Madame hat
gerade in ihrer Funktion als Sklavin unsere Kat-
zenschüsseln poliert, als die kleine Katze plötzlich
über die Katzenleiter von draußen durch das Bad
in die Küche geflitzt ist und sich in Sekundenschnelle ähnlich einem schwarzen Heißluftballon
aufgebläht hat. Als Madame ums Eck guckte, um
zu herauszubekommen, was los war, was oder
besser wen hat sie gesehen? Findus! Er war über
MEINE Katzenleiter in MEINE Wohnung gekommen, um MEINE kleine Katze zu sehen! Ich war
nicht dabei, sonst hätte ich ihn zu Hackfleisch gemacht, doch Madame erzählte mir wie immer alles.

Aber ich bin abgeschweift. Zurück zum Anfang.
Als ich den Schatten von Fett-Findus hinter der

Fensterscheibe sah, bin ich ausgerastet und habe meinen Schlachtruf angestimmt. Ein lautes, tiefes Roooooaaaaaar. Madame war sofort zur Stelle und auch die kleine Katze, der es sehr schlecht ging, kam geduckt und verschreckt, aber neugierig herangeschlichen und schaute ins Bad. Madame machte das Fenster auf, Findus rannte die Leiter hinunter und ich ihm hinterher. Selbstverständlich hat er Prügel bezogen. Allerdings hatte ich danach eine blutige Nase und Madame hat mir eine Kralle aus dem Kopf entfernt.

Der letzte Ausflug

L ila ist die Farbe des Übergangs. Das hatte Madame irgendwo gelesen. Aus diesem Grund zog sie ihren lila Fleecepullover an, in der Hoffnung, dass die Farbe die kleine Katze inspirieren würde, in Ruhe zu sterben, also von selber zu gehen, wann es für sie passen würde. Ich weiß noch genau, wie die kleine Katze geschaut hat, als Madame plötzlich in Lila vor ihr stand. Erst fragend, dann verstehend und dann mit einem halb traurigen, halb ängstlichen Blick, der sagte: „Ich bin noch nicht soweit, ich will noch nicht gehen, dränge mich nicht".

Die kleine Katze hat es ganz genau durchschaut. Madame hat dann den lila Fleecepulli wieder ausgezogen und gegen einen blauen getauscht. Sie war ja für jede Minute, die sie noch mit der kleinen Katze hatte, dankbar und wollte sie ganz bestimmt nicht drängen. Sie wollte ihr nur zeigen, dass sie gehen darf, wenn sie gehen will, und dass sie nicht bleiben muss, um es ihr – Madame – leichter zu machen.

Mittlerweile zeichnete sich ein zusätzliches Problem ab. Madame war beruflich für zwei Tage in Österreich verpflichtet, sie würde am Mittwoch abfahren und Freitagabend zurückkommen. Am Donnerstag würde uns Pola, die bei mir putzt, versorgen. Jetzt war Montag. Madame wollte die kleine Katze nicht alleine lassen, war aber gezwungen, den Auftrag in Österreich durchzuführen. Durcheinander wie sie war, steckte sie nun auch noch in einem Dilemma. In dem Moment, als sie, wie mit der Ärztin ausgemacht, in der Tierarztpraxis anrufen wollte, um über das Befinden der kleine Katze zu berichten, klingelte das Telefon. Eine Freundin war dran, mit der tags zuvor ein Treffen ausgemacht war, das Madame wegen der kleinen Katze gestrichen hatte. Madame schüttete ihr das Herz aus.

„Hallo Maria, ja, tut mir leid wegen gestern, aber es geht mir gar nicht gut. Ich muss drei Tage weg und weiß nicht, ob Jenny noch lebt, wenn ich zurückkomme. Ich habe keine Ahnung was ich machen soll, ich würde am liebsten den Auftrag absagen, auch wenn dann eine Vertragsstrafe auf mich zukommt."

„Du kannst den Job nicht platzen lassen, das ist ein Hauptauftraggeber von dir. Erledige das mit Jenny, bevor du fährst."

Man stelle sich das vor! Sie hat gesagt: „Erledige das mit Jenny"! Warum hat sie nicht gleich gesagt, „erledige Jenny"?

Madame hat es erst die Stimme verschlagen, dann hat sie völlig ruhig reagiert.

„Ich werde gar nichts erledigen, Jenny wird entscheiden, wann sie gehen will."

„Zwei Tage länger oder kürzer, was ändert das?"

„Was es für Jenny ändert, kann keine von uns beurteilen. Was es für mich ändert, ist, dass ich mir nicht vorwerfen muss, meinen Liebling getötet zu haben, als es gerade in meinen Zeitplan gepasst hat."

Vor dem Telefonat hatte Madame das Fenster zur Katzenleiter geöffnet. Die Sonne schien, der Schnee war geschmolzen, der Boden war matschig, das modernde Laub recht pappig und die feuchten Holzbretter der Katzenleiter ziemlich rutschig. Außerdem wackelte die Leiter, aber das tut sie schon länger, weil sich die Dübel gelockert haben. Madame hatte einen dicken Ast gegen die Treppe gestemmt, um sie zu stabilisieren. Nicht perfekt, Handwerken ist, wie gesagt, nicht ihre Leidenschaft, aber besser als nichts.

Was dann passiert ist, konnte sich niemand auch nur in den kühnsten Träumen ausmalen. Also: Ich sitze gemütlich im Garten unter meiner Eibe im Trockenen und sehe die kleine Katze, wie sie langsam und bedächtig die Katzenleiter herunter kraxelt! Ganz vorsichtig, Schritt für Schritt mit ausgefahrenen Krallen. Unten angekommen ist sie fast andächtig von Grasbüschel zu Grasbüschel getapst und hat jeden einzelnen Halm betrachtet, als ob sie Lebewohl sagen würde, als ob sie ihn das letzte Mal sehen würde. So war es auch. Wie herzzerreißend. Die kleine Katze nahm Abschied von meinem Garten, den sie, wenn ich großzügig war, so wie in diesem Moment, mitbenutzen durfte. Manchmal hatte ich sie zurück in die Wohnung gescheucht. Schließlich bin ich der Kater.

Nach einer Weile drang die aufgeregte und gleichzeitig angstvoll vibrierende Stimme von Madame aus der Wohnung:

„Jenny!" „Jennylein!" „Dschinnchen, wo bist du?" „Gin Gin!" „Süße Maus, wo bist du?"

Ich stellte mir vor, wie sie panisch durch die Zimmer hastete und sämtliche Schränke kontrollierte, um die kleine Katze zu finden. Es dauerte eine ganze Weile, bis ihr die Idee kam, den Kopf aus dem Badezimmerfenster zu strecken. Ehrlich gesagt, nach den letzten Tagen wäre mir auch nicht eingefallen, im Garten nach der kleinen Katze zu suchen. Als Madame sie im Garten herumspazieren sah, überschlug sich ihre Stimme vor Erleichterung und Erstaunen.

„Ja, Dschinnchen! Wo bist du denn! Komm schnell rein!"

Die kleine Katze ist sofort die Katzenleiter in hellen Tönen miauend zu ihr nach oben getappelt. Vorher hat sie noch versucht, das nasse Laub von den Hinterfüßchen zu schütteln, weil sie Dreck hasste. Das hat ziemlich ulkig ausgesehen.

Wenn Madame sie gerufen hat, ist die kleine Katze meistens unverzüglich zu ihr gelaufen. Denn die Stimme hörte sich jedes Mal so angsterfüllt an, dass die kleine Katze annahm, irgendetwas ganz Furchtbares müsse im Garten hinter ihr her sein, und sie hätte sich sofort davor in Sicherheit zu bringen.

Arsen – das Mördergift soll helfen

Als Madame wie vereinbart in der Tierarztpraxis anrief, war nicht die Tierärztin mit den kurzen Haaren am Telefon, sondern eine Kollegin.

„Ich wollte nur Bescheid sagen, Ihre Kollegin braucht heute nicht zu kommen, Jenny hat weiterhin Phasen, in denen sie hellwach ist. Und sie war gerade im Garten spazieren gewesen."

„Das macht die Kortisonspritze."

Aha, diese Ärztin war also von ihren Kolleginnen informiert worden.

„Könnte Ihre Kollegin vielleicht morgen kommen, um sich Jenny anzusehen und ihr bei Bedarf noch eine Spritze gegen Schmerzen geben?"

„Wieso noch eine?" wollte die Ärztin wissen.

Dann brach es aus Madame hemmungslos schluchzend heraus: „Ich weiß nicht, was ich machen soll, ich muss übermorgen beruflich weg, aber ich will Jenny nicht alleine lassen. Ich bin so durcheinander. Sollte sie sterben, während ich weg bin ... das würde ich mir nie verzeihen."

„Sind Sie für Homöopathie offen?"

„Ich bin für alles offen, was Jenny helfen könnte."

„Es gibt ein Mittel … Arsenicum album c200."

„Arsen? Das Mördergift?"

„Es geht um geringe Mengen. Nach dem homöopathischen Grundsatz Gleiches mit Gleichem zu heilen, wird aus Arsenoxid, dem weißen Arsen, ein Arzneimittel zur Behandlung eines komplexen Krankheitsbildes hergestellt. Arsenicum album wirkt vor allem auf den Verdauungstrakt, die Haut, die Atmung, das Blut, das Herz und die Nerven. Es dient dazu auszutesten, ob eine Katze so weit ist, ihren Körper zu verlassen oder noch nicht. Arsenicum album hilft Jenny bei der Entscheidung, ob sie kämpfen will oder ob es genug ist. Kein Homöopathikum der Welt kann Jenny zum Sterben bewegen ohne ihre Bereitschaft dazu. Ganz im Gegenteil. Wenn Lebenskraft vorhanden ist, kann das Mittel zu einer Erholung führen. Ist die Lebenskraft aber erschöpft, Jenny also zum Gehen bereit, kann es den Sterbeprozess eröffnen. Besorgen Sie es sich in der Apotheke."

„Aber was ist, wenn Jenny stirbt, während ich weg bin? Wenn ich meinen Liebling bei meiner Rückkehr tot vorfinde?"

„Haben Sie Vertrauen. Die Tiere sind von oben geführt genau wie wir Menschen. Sollte sie sterben, während Sie abwesend sind, ist es für Jenny in Ordnung und so gewollt. Ansonsten wird sie auf Sie warten. Ich spüre, dass Jenny noch nicht gehen will, sie braucht noch Zeit, um für sich abzuschließen, und sie will auch Ihnen noch etwas abnehmen."

Madame war hellhörig geworden:

„Sie können das spüren?"

„Ja."

„Könnten Sie vielleicht statt Ihrer Kollegin morgen vorbeikommen?" Die Tränen rannen ihr wie Bäche über das Gesicht und durchweichten ihre Bluse.

„Leider nicht. Ich bin morgen nicht in der Stadt, aber bei meiner Kollegin ist Jenny in guten Händen."

Madame hatte irgendwie Hoffnung geschöpft, obwohl sie weiterhin mit dem Gedanken spielte, den Vertrag in Österreich nicht einzuhalten. Sie hatte so viel vorzubereiten: für das Seminar, für Weihnachten, Telefonate standen an. Was machte sie zuerst? Sie ging in die Apotheke.

Die Apothekerin war über die Bestellung von Arsenicum album c200 entsetzt.

„So eine hohe Potenz! Damit ist nicht zu spaßen, es kann nach zwei Seiten wirken. Hat ihnen das der Heilpraktiker verschrieben?"

„Nein, die Tierärztin. Es ist nicht für mich. Und ja, sie hat mir erklärt, dass es nach zwei Seiten wirken kann."

Die kleine Katze lag abgekämpft auf ihrem Kratzbrett, als Madame zu Hause ankam und das Medikament auspackte. Es grauste ihr davor, Jenny das Arsenicum album vorzusetzen. Trotzdem richtet sie nach ein paar Stunden zwei identische Wasserschalen her, eine ohne, eine mit Arsenicum album und stellte sie vor die kleine Katze. Die schaute auf, unbeweglich sah sie beide Schalen an und trank dann von der mit purem Wasser und gleich anschließend aus der mit dem homöopathischen Mittel. Madame beobachtete sie bedrückt mit Kloß im Hals und Knoten im Magen. Was würde geschehen?

Die kleine Katze stellte die Ohren waagrecht, eines nach rechts, eines nach links, was sehr merkwürdig aussah, ihre Pupillen weiteten sich und nach ein paar Minuten war alles vorbei. Also die Ohren richteten sich wieder auf und die Pupillen verkleinerten sich. Anschließend tippte die kleine Katze zweimal mit ihrer rechten Pfote auf die Schüssel mit dem Arsenicum album. Als ob sie sagen wollte:

„Hast du gesehen, ich habe davon getrunken und ich will noch nicht gehen. Wann begreifst du das endlich?" Sie durchschaute alles, was Madame tat, als ob sie einen siebten Sinn hätte. Ich war schwer beeindruckt.

Neugierig geworden, wollte ich wissen, wie das Wasser in den Schalen schmeckt und ging hin, um zu probieren und zu vergleichen. Du liebe Güte, hat da Madame gekreischt: „Lanzi, neiiiiiin!" Als ob ich tot umfallen würde, wenn ich davon schlecken würde. Damit sie mit dem Kreischen aufhört, habe ich verzichtet. Der Klügere gibt nach.

Die Tierärztin kommt das zweite Mal

Was keiner bis dahin geahnt hatte: Die kleine Katze war zäh, sie war keineswegs die Zimperliese für die ich sie gehalten hatte. Nicht nur, dass sie uns verschwiegen hatte, dass sie bereits lange, vielleicht jahrelang krank war. Bis zwei Wochen vor ihrem Tod spielte sie mit ihrer Schnur, den Teppichen und Tüchern, als wäre nichts! Sogar ihr Lieblingsspiel, Matchball, spielte sie noch. Bei diesem Spiel rief Madame „Matchball" und warf im selben Augenblick der kleinen Katze eine Stoffmaus oder eine Papierkugel zu, der sich Jenny wie ein Torwart entgegen hechtete und sie auf den Hinterbeinen stehend in der Luft abfing oder abschmetterte.

Als am Abend die Tierärztin mit Madame auf dem Küchenfußboden kauerte und die kleine Katze am Futtertrog beobachtete, meinte die Ärztin:

„Für den Befund sieht sie sehr gut aus."

Als ob sie das bestätigen wollte, stoppte die kleine Katze mit Mampfen, drehte sich um, positionierte sich frontal zur Ärztin, sah sie streng an, ließ sich von ihr anschauen und wackelte dann hoch erhobenen Hauptes würdevoll zu ihrem Kratzbrett. Sie war von Tag zu Tag dicker geworden, obwohl sie wesentlich weniger aß als sonst.

Das Wasser sammelte sich erneut im Bauch, sie hatte keinen Stuhlgang mehr, weil der Kot durch die Tumore zurückgehalten wurde. Trotzdem tat die kleine Katze so, als wäre alles in Ordnung. Ein bisschen strubbeliger sah sie aus als sonst.

„Sie will noch leben. Ich hoffe sehr, dass sie durchhält, bis ich wieder da bin am Freitagabend. Sie darf in keinem Fall leiden."

Madame hatte der Tierärztin erzählt, dass die kleine Katze Arsenicum album getrunken hatte.

„Obwohl medizinisch alles dagegen spricht, sieht sie nicht aus wie eine Katze, die sterben will", pflichtete die Tierärztin bei. Sie gab ihr eine unnötige Spritze, denn die alte wirkte noch, damit Madame sicher sein konnte, dass Jenny keine Schmerzen empfinden würde.

Dann haben die beiden vereinbart, dass sich Madame in der Tierarztpraxis melden sollte, sobald sie aus Österreich zurück war. Bis dahin würde in jedem Fall das Schmerzmittel wirken. Als die Tierärztin ihre Tasche packte und ging, schwebten wieder Schneeflocken vom Himmel.

Wenig später rief eine Freundin von Madame an, die ebenfalls bei einer Katze wohnen darf. Ihre Katze heißt Kätzchen. Einfallslos, aber leicht zu merken. Vielleicht hat sie den Namen gewählt, weil sie schon im fortgeschrittenen Alter von über 80 Jahren ist, damit sie nicht vergisst, was für ein

Tier sie hat. Ansonsten ist die Freundin eine Energiekanone, von der sich viele junge Frauen eine Scheibe abschneiden können.

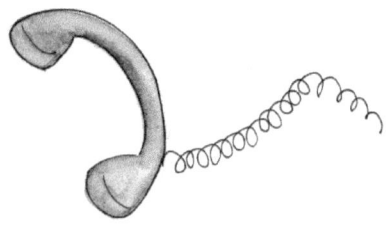

„Was! Du kannst eine kranke Katze doch nicht alleine lassen, du musst zuhause bleiben! Stell dir vor, sie schreit vor Schmerz und niemand ist da, der ihr helfen kann. Soll ich vorbeikommen, wenn du weg bist?" brüllte sie aufgebracht in den Hörer, so dass auch ich es hören konnte, obwohl ich in vier Meter Entfernung auf meinem türkisblauen Lieblingssessel ausspannte.

Nur das nicht. Ich WOLLTE meine Ruhe; die kleine Katze BRAUCHTE ihre Ruhe. Und dafür, dass die kleine Katze schmerzunempfindlich sein würde, hatte die Leibärztin schließlich gesorgt. Madame wiegelte das Angebot zum Glück erfolgreich ab, beging allerdings den Fehler, von der Unterhaltung zwischen ihr und der spirituellen

Ärztin zu berichten, woraufhin die Freundin am anderen Ende der Leitung austickte.

„Was soll das heißen, Jenny wird auf dich warten, wenn sie will? Das ist ja der größte Blödsinn, den ich je gehört habe, dass eine Katze bewusst beschließt, wann sie stirbt. Was ist, wenn sie Schmerzen hat, wenn du weg bist, wer hilft ihr? Du bist es ihr schuldig, sie zu erlösen."

Der große Unterschied zwischen ihr und Madame ist, dass sie Katzen als Tiere betrachtet, Madame betrachtet sie dagegen als Seelen. Auf eine Diskussion darüber ließ sich Madame nicht ein. Diese Freundin sperrt ihre Katze nämlich in die Wohnung. Ja, sie darf nie nach draußen. Was noch schlimmer ist, die Freundin findet es schlecht, dass ICH nach draußen darf! Mehrmals hat sie bereits versucht, Madame zu überreden, mich nicht mehr ins Freie zu lassen. Wahrscheinlich ist sie selber unfähig mit Freiheit umzugehen, sie ist der totale Kontrollfreak, ich kenne sie. Jedenfalls hatte Madame längst entschieden, ihren Entschluss nach Österreich zu reisen oder nicht zu reisen am nächsten Morgen von der Verfassung der kleinen Katze abhängig zu machen.

Rosen, Sonne, Abfahrt und Rückkehr

Gehen oder bleiben? Der Mittwoch war da und Madame immer noch unschlüssig. Das Wetter hatte sich geändert, keine Wolken, kein Schnee. Hell und strahlend durchflutete das Sonnenlicht die Wohnung fast wie im Frühling. Am Morgen war Madame dem Impuls gefolgt, Rosen für die kleine Katze zu kaufen und die große Wasserschale, die sie wegen des Lichterbaums weggeräumt hatte, mit Wasser und Blumen zu befüllen. Da im Wohnzimmer der Leuchtbaum stand, positionierte sie die Rosenschale auf dem gelben Teppich in der Bibliothek. Wie das Wasser in der Sonne blitzte und blinkte! Und wie die rosa Rosenköpfe darin leuchteten. Es sah so schön aus!

Was man der kleinen Katze lassen musste, sie hatte einen Sinn für Ästhetik. Langsam tappte sie zur Schale, trank Wasser und blieb neben der Glasschüssel liegen. Sie trank in den letzten Tagen auffällig viel. Wie sehr sie sich über die Rosen freute, und wie hübsch die kleine Katze neben dem Blumengefäß aussah, wenn auch ziemlich aus der Form geraten. Sie hatte seit vielen Tagen keinen Stuhlgang mehr, und dann noch die Tumore dazu, das macht nicht attraktiver.

Mir ging es eigentlich immer nur um das Wasser in der Schale. Aber da wir noch drei Wassergefäße haben, ist mir die Rosenschale gar nicht so wichtig gewesen. Trotzdem bin ich hin und habe aus ihr getrunken. Schließlich bin ich der Kater und es gehört alles in erster Linie mir; Madame sollte das nicht vergessen. Sie hat die kleine Katze in diesen Tagen ganz gemein bevorzugt.

Madame war dabei, ihren silbernen Koffer zu packen. Die kleine Katze machte ihr den Aufbruch sehr leicht. Das erste Mal in sieben Jahren versuchte sie nicht, sich in den Koffer zu schmuggeln oder eingepackte Kleidung herauszuziehen, sondern blieb ruhig bei der Rosenschale liegen. Sie lauschte den Schritten von Madame, dem Geklimper der Bügel und dem Rascheln der Blusen, die Madame koffergerecht zusammenlegte.

Madame ging immer wieder zur kleinen Katze, streichelte sie und küsste ihren Kopf. Diese Kopfküsserei fand ich äußerst nervig, die hat erst mit der Krankheit von der kleinen Katze begonnen. Und jetzt, nachdem sie tot ist, küsst sie mich ständig. Igitt.

„Bitte, bitte Jenny warte auf mich. Ich komme in zwei Tagen zurück. Wenn du wartest, stelle ich dir gleich am nächsten Tag einen Christbaum auf und schmücke ihn nur für dich, Dschinnchen."

Wirklich übertrieben, dass der Baum nur für die kleine Katze sein sollte. Ich habe den Christbaum ebenfalls sehr gerne. Na gut, wir hatten eine Sondersituation. Trotzdem war es nicht in Ordnung. Ich war schließlich und ich bleibe Chef im Haus.

Dann hängte Madame einen Zettel für Pola, unsere Haushaltshilfe, auf:

Liebe Pola,
die kleine Katze ist sehr krank. Bitte keinen Lärm machen, nicht staubsaugen. Nur die Bäder putzen und die Küche reinigen.
Danke.

Madame zog Mantel und Stiefel an und schaute zur kleinen Katze. Die lag da wie eine breite Sphinx und sah sie streng an. So als ob sie sagen würde, „geh doch endlich". In diesem Moment hatte Madame das sichere Gefühl, dass ihr Dschinnchen auf sie warten würde. Sie ging zur Tür, kam aber mehrmals zurück, um der kleinen Katze und auch mir wieder und wieder Tschüss zu sagen. Damit machte sie es keinem von uns einfacher.

Endlich war sie draußen und wir konnten im Sonnenlicht entspannen; die kleine Katze auf dem Teppich vor der Wasserschale, ich auf dem blauen Samtsessel neben der Wasserschale. Jenny genoss die Ruhe in der Wohnung, ich die Sonne auf meinem Fell.

Wie ich hinterher erfahren sollte, saß Madame die nächsten vier Stunden ziemlich angespannt im Zug und konzentrierte sich auf eine esoterische Übung. Sie schickte der kleinen Katze durch ihre Gedanken Licht und Wärme in den Bauch; die Übung sollte der kleinen Katze das Durchhalten erleichtern. Naja, zumindest hat es nicht geschadet.

In ihrer Mittagspause am nächsten Tag hat sie angerufen und Pola gefragt, wie es der kleinen Katze geht. Nach mir hat sie sich gar nicht erkundigt, diese Verräterin! Aber wenigstens auf Pola ist Verlass:

„Beide Katzen haben gefressen, die kleine Katze aber wenig. Die zwei sind sehr ruhig, wie immer, wenn Sie nicht da sind."

Wegen des Zettels war Pola sehr zornig auf Madame. Pola putzt für ihr Leben gern, weil sie keinen Dreck mag, fast wie die kleine Katze, nur dass die kleine Katze nichts geputzt hat außer sich selbst. Und das Schlimmste für Pola ist, wenn sie Dreck, der da ist, nicht beseitigen darf. Madame wollte es sich zwar mit unserer Haushaltshilfe nicht verscherzen, aber in diesen Tagen drehte sich bei ihr alles nur um die kleine Katze, die sich mehr und mehr in sich zurückzog.

Auf der Heimfahrt war Madame ziemlich durch den Wind, nicht nur weil ihr Zug Verspätung hatte und sie nicht wusste, ob sie den Anschlusszug erreichen würde. Sie ist schwerbepackt von Gleis zu Gleis gerannt und hat ihn hechelnd in letzter Sekunde erwischt. Vor allem war sie durch den Wind, weil sie nicht wusste, ob die kleine Katze vielleicht tot in der Wohnung liegen würde, wenn sie die Tür aufschloss.

Ich habe bereits hinter der Wohnungstür ge-wartet, als das Klimpern der Schlüssel und die Stimme von Madame durch die Wohnungstür zu hören war:

„Kätzchen, Kätzchen, ich bin wieder da. Jenny, Lanzi." Sie hätte eigentlich mich zuerst nennen müssen.

Offensichtlich war Madame ziemlich nervös. Zweimal ist ihr der Schlüsselbund mit lautem Geschepper aus der Hand gefallen, bevor sie es endlich geschafft hat, aufzusperren.

Ganz aus dem Häuschen war sie, als sie das klick-klick-klick-klick der kleinen Katze hörte und diese langsam, aber wieder mit strengem Blick und den Kopf selbstbewusst und tapfer hoch aufgerichtet, auf sie zugegangen ist. Wie hat sie sie geküsst und gestreichelt. Ich konnte gar nicht mehr hinsehen, und der kleinen Katze war es, glaube ich, ebenfalls zu viel. Aber wir haben es beide ertragen, schließlich war Madame extrem belastet.

Sie hat uns erzählt, dass eine Kollegin in Österreich sich nach mir erkundigt hat. Nur nach mir! Tolle Frau.

„Ich bin froh, dass sie dich nicht erwähnt hat, Dschinnchen, sonst hätte ich sofort losgeweint."

Als ich nachts von meinen Streifzügen durch die Gärten zurückgekommen bin, war ich ziemlich überrascht. Madame lag eingewickelt in ihrer Bettdecke auf den Dielen im Flur neben dem Kratzbrett, auf dem die kleine Katze ruhte. Beide waren wach und haben sich still und ohne sich zu rühren in die Augen gesehen, unfähig, sich voneinander zu lösen, stundenlang, bis Madame eingeschlafen ist. Als sie später aufgewacht ist und sah, dass die kleine Katze tief schlief, ist Madame in ihr Bett gehumpelt.

Hoffentlich ist bei ihr das Humpeln nicht auch der Anfang vom Ende. Normalerweise humpelt sie nicht. Ich nehme an, es haben ihr sämtliche Knochen wehgetan, weil der Boden so hart ist. Schließlich ist sie auch nicht mehr die Jüngste.

Jennys Christbaum wird aufgestellt

Gleich am nächsten Tag, es war der Samstag und inzwischen acht Tage her, seit die Diagnose bei der kleinen Katze gestellt worden war, hat Madame in aller Herrgottsfrühe einen Christbaum besorgt. Die kleine Katze schreckte aus ihrem Dahindämmern auf und war ziemlich irritiert, als es vor der Tür rumpelte und Madame fünf Sekunden später mit dem zimmerhohen Christbaum vor ihr im Gang stand. Madame schleifte die Nordmanntanne ins Wohnzimmer, fixierte sie im Christbaumständer und als sie überprüfen wollte, ob der Baum einigermaßen gerade stand, sah sie, dass die kleine Katze darunter lag.

Es sollte das einzige Mal sein, dass sich die kleine Katze in diesem Jahr unter dem Christbaum, ihrem Christbaum, niederließ. Auch das Wohnzimmer betrat sie hinterher nicht mehr. Zwischen den Pappkartons mit den Christbaumkugeln tapste sie sehr schwerfällig und nur kurz umher, wahrscheinlich um Madame einen Gefallen zu tun.

In den letzten Jahren war Christbaumschmücken für uns drei immer eines der Highlights des Jahres gewesen und jedes Mal sehr lustig. Ich und die kleine Katze schusserten mit den Glaskugeln, versteckten uns in verschiedenen Schachteln, fielen

Madame an, während sie Sterne aufhängte und ließen die Lichterketten schaukeln, indem wir die Lämpchen attackierten.

Den geschmückten Christbaum hat die kleine Katze diesmal nur noch vom Gang aus betrachtet, aber ohne großes Interesse. Sie nahm keinen Anteil mehr an dem was wir taten. In den letzten Tagen hatte sie sich nicht nur vom Garten verabschiedet, sondern auch jedes Zimmer in allen Einzelheiten betrachtet, als hätte sie es noch nie vorher gesehen und als wollte sie sich alles genau einprägen, um es nicht zu vergessen. Das fand ich ein bisschen unverständlich, weil Madame einmal gesagt hatte, dass man vom Himmel aus alles sieht. Und sie hatte jetzt schon mehrmals dem Dschinnchen gesagt, dass es bald im Himmel sein würde. Auf mich reagierte die kleine Katze ebenfalls nicht mehr, obwohl ich sie ab und zu in den Hintern biss, um sie aufzumuntern. Der Abschied von Madame vollzog sich in Etappen seit dem gemeinsamen Nachmittag auf dem Sofa.

Im Rückblick betrachtet, war der Tag ganz fürchterlich, denn während ich mit Madame den Christbaum aufstellte und schmückte, wurde direkt vor der Haustür ein Kran errichtet. Wir haben gegenüber seit dem Sommer eine Baustelle, drei hübsche hundertjährige Häuschen wurden weggerissen, weil das Denkmalschutzamt versagt hatte. Jedes Mal, wenn einer der Bolzen zur Stabilisierung in den Kran eingeschlagen wurde, dröhnte es laut und unsere ganze Wohnung bebte. Madame war deprimiert, weil sie sich so sehr Ruhe für die kleine Katze wünschte. Aber die döste auf ihrem Brett vor sich hin, als würde sie alles gar nicht mitbekommen. Mir war es zu laut und die Stimmung war sowieso im Keller, ich hatte bald schon keinen Bock mehr, in der Wohnung zu sein. Was lag näher, als mich im Garten unter meiner Eibe zu verkriechen.

Dritter Besuch der Tierärztin

Am Abend kam die Tierärztin zum dritten Mal. Weder sie noch Madame konnten mich sehen. Ich habe hinter einer Tür gelauscht, konnte aber durch die Ritze zwischen Tür und Boden hindurch spähen. Irgendwie hatte ich während der ganzen Zeit das Gefühl, dass es besser wäre, nicht aufzufallen. Die kleine Katze schaute Madame an, dann die Ärztin, blieb aber schicksalsergeben liegen und zeigte während der folgenden Diskussion keinerlei Regung.

Madame sagte: „Sie ist die meiste Zeit in sich gekehrt, doch ab und zu gibt es Momente, in denen sie wach ist und mich mit ihren Augen sucht. Sie will noch nicht gehen."

Die Tierärztin sah die kleine Katze durchdringend an und nickte langsam: „Ich kann nachvollziehen, was Sie meinen. Das Wochenende ist gerettet ... aber stellen Sie sich auf Montag ein." Madame schluckte hörbar und nickte. Sprechen konnte sie in dem Moment nicht.

Am nächsten Tag, am Sonntag, ging es der kleinen Katze miserabel. Sie konnte kaum noch laufen. Ihr Bauch war dick, hart und groß wie eine Kanonenkugel. Sobald sie versuchte zu stehen, klappten die Hinterbeinchen zusammen. Ihr eigenes Gewicht war für sie nicht mehr zu stemmen. Trotzdem taumelte sie zur Wasserschale mit den Rosen, obwohl die beiden Schälchen mit Wasser und mit Wasser und Arsenicum album direkt an ihrem Kratzbrett standen. Die Rosenschale wartete drei Meter entfernt, Madame hatte sie von der Bibliothek in den Flur gestellt, damit es Jenny nicht so weit zu ihr hatte.

Mit ihren Nerven am Ende hatte Madame ein Blatt Papier an die Wohnungstür gehängt:

„Bitte Ruhe im Hausflur. Nicht läuten, solange der Zettel hängt. Danke."

Manchmal kommen Nachbarn vorbei, weil sie eine Zwiebel brauchen, ein Zugticket bei uns ausdrucken müssen oder nur quatschen möchten. Madame wollte die kleine Katze von allem abschirmen, was sie stören oder verunsichern könnte. Wir haben nette Nachbarn. Bald nachdem der Zettel hing, hat Madame eine SMS bekommen von Adelheid.

SMS: „Ist bei dir alles in Ordnung? Brauchst du Hilfe?"

SMS: „Danke, ich brauche nichts. Jenny liegt im Sterben. Sie hat den Bauch voller Tumore. Wir wollen in Ruhe voneinander Abschied nehmen."

SMS: „Oh, das ist ja schrecklich. Das tut mir so leid."

Am Nachmittag musste sich die kleine Katze übergeben und hat den Boden und zwei blaue Teppiche mit grüner Soße vollgespuckt. Sie hatte Angst, dass sie geschimpft würde, obwohl Madame sie nie geschimpft hatte. Nicht ein einziges Mal! Vielleicht haben die Leute, bei denen sie vorher gelebt hat, oft geschimpft. Die kleine Katze hat versucht wegzulaufen, aber vergeblich, ihr Bauch war zu schwer, die Hinterbeinchen sind unter ihm weggerutscht. Madame schaute bekümmert zu. Ich auch.

Das erste Mal gebrauchte Madame leise dieses seltsame Wort: „Dschinnchen, hätte dich die Tierärztin gestern doch schon erlösen sollen?"

Natürlich antwortete die kleine Katze nicht, und wenn, hätte Madame sie sowieso nicht verstanden.

Erlösen. Ein komisches Wort. Was das wohl bedeutet? Los machen, lösen, ablösen, frei machen, befreien, retten. Also die kleine Katze los machen von ihrem dicken Bauch? Ablösen von ihrem Körper? Befreien? Wovon genau? Retten? Wovor?

Abends fing einer der Hausbewohner, der wegen seiner Hobbyschreinerei berüchtigt ist, um 21 Uhr an zu sägen und zu hämmern. Am Sonntag! Eine Stunde hatte Madame Geduld. Genau in dem Moment als Madame die Schuhe anzog, um hochzugehen und den Schuldigen auf Sonntags- und inzwischen Nachtruhe hinzuweisen, hörte der

Krach auf. Die kleine Katze hatte gar nicht auf den Radau reagiert. Hauptsache sie konnte an der warmen Heizung liegen und Madame war in Sichtweite bzw. in der Nähe und hörbar. Madame bewegte sich den ganzen Tag nicht mehr als drei Meter von der kleinen Katze weg, außer sie kochte sich kurz einen Kaffee in der Küche.

Am späten Abend schrieb sie Weihnachtskarten, wobei sie zwischendurch und nach jeder einzelnen Karte aufsah und zur kleinen Katze blickte. Ab und zu schaute auch die kleine Katze zu ihr und beider Blicke verschmolzen. Es fiel Madame schwer, anderen frohe Festtage zu wünschen und ein gutes Neues Jahr, wo sie doch genau wusste, dass wir Weihnachten in diesem Jahr ohne die kleine Katze feiern mussten und auch das Neue Jahr ganz bestimmt nicht gut, sondern sehr traurig für uns beginnen würde. Aber das teilte sie nur ganz wenigen engen Freundinnen und Freunden mit. Als sie fertig war mit Kartenschreiben, es war fast Mitternacht, klebte sie die Briefmarken auf die Karten. Dann suchte sie im Internet leise weinend nach der Website des Tierkrematoriums und notierte sich die Öffnungszeiten.

Als sich Madame in der Nacht wieder auf den Boden neben Jenny legen wollte, hat sich die kleine Katze gequält hochgerappelt und ist ein paar Meter weiter weg gerobbt. Sie wollte alleine sein. Das erste Mal, seit wir zusammen lebten, war ihr Madame zu nahe. Wie konnte das sein? Ich verstand die Welt nicht mehr. Keine zwei Wochen war es her, da konnte sie nicht eng genug bei Madame sein! Im Bett schmiegte sie sogar ihre Backe mit den Schnurrhaaren an die Wange von Madame, so dass die manchmal aufgewacht ist, weil es gekitzelt hat. Auch wenn es für sie schwer war zu akzeptieren, dass die kleine Katze keine Nähe mehr wollte, packte Madame ihre Decke zusammen und ging zu Bett, in der Hoffnung, dass Jenny wieder auf das Kratzbrett zurückkehren würde.

Mitten in der Nacht schreckte Madame auf. Die kleine Katze erbrach sich wieder. Madame fand sie im Bad, streichelte sie, wischte auf und versuchte zu trösten.

„Alles ist gut, kleine Maus, ich hab dich lieb, bald bist du an einem wunderschönen Ort, an dem viele brave und lustige Katzen auf dich warten, um mit dir zu spielen. Dort ist es warm und hell. Dein Bauch wird ganz leicht sein und du bist dann wieder ganz gesund. Bestimmt gibt es dort auch gutes Wasser mit dicken rosa Rosenköpfen für dich darin."

Ob Madame wirklich glaubt, was sie da beschrieben hat?

Mord oder Erlösung?

Der Montag war angebrochen, Neumond, wir hatten die dunkelste Nacht des Jahres vor uns. Schweren Herzens stand Madame auf. Ihre Schultern hingen, als wären Bleibarren im Schlafanzug eingenäht. Die kleine Katze lag in sich versunken auf ihrem Brett und reagierte kaum noch, wenn Madame an ihr vorbeiging. Als diese auf ihrem Schreibtischstuhl Platz genommen hatte, schaute die kleine Katze manchmal zu ihr, weil sie den traurigen Blick von Madame auf sich spürte. Madame drehte sich immer wieder zu ihr um, nicht nur um zu prüfen, wie es ihr ging, sondern sie wollte die kleine Katze ansehen, solange sie atmete, um sich jeden Blick, jede Bewegung einzuprägen. In wenigen Stunden würde das gemeinsame Leben mit ihrem Dschinnchen der Vergangenheit angehören, dann blieben nur noch diese Erinnerungen.

Gleich am Morgen hatte sie mit der Tierärztin telefoniert und ihr schluchzend vom vergangenen Tag erzählt. Die Ärztin kam in der Mittagspause. Wie zerbrechlich die kleine Katze aussah, trotz des dicken kranken Bauches. Sie hatte abgeschlossen mit dem Garten, mit der Wohnung, mit mir und mit Madame. Sie konnte und wollte sich nicht mehr wehren. Schicksalsergeben hob sie den Kopf nur kurz ein bisschen hoch. Ob sie bereit war, weiß ich nicht, aber sie sträubte sich nicht mehr.

„Ab und zu öffnet sie noch die Augen." Madame protestierte mit einem letzten Versuch gegen das „Erlösen". Es klang nicht mehr überzeugend. Sie wusste, es war vorbei. Wie sehr hatte sie gehofft, dass die kleine Katze sich von selbst verabschieden würde, hinübergehen in eine andere Welt. Aber die kleine Katze hing ebenso an Madame wie diese an der kleinen Katze. Sie konnten sich beide nicht voneinander lösen. Die kleine Katze spürte, wie Madame litt, und konnte sich nicht durchringen, Madame zu verlassen. Oder wollte sie aus anderen Gründen noch nicht gehen?

Die Ärztin sah Madame ruhig an:

„Es ist so weit. Sie steht an der Schwelle. Alles, was wir jetzt noch tun, ist Leidensverlängerung."

Die kleine Katze sah Madame ängstlich und furchtbar traurig an, als die mit gebrochenem Herzen flüsterte: „Jenny, dann müssen wir uns jetzt trennen."

Ich habe es genau gespürt. Tief im Inneren hat Madame nicht hinter dem Entschluss gestanden, war aber unfähig, dem Dschinnchen weiter beim Sterben zuzusehen. Es ging über ihre Kraft.

„Manche geben vorab eine Narkosespritze, damit das Tier nichts merkt."

Madame verstand nicht, was die Ärztin meinte. Es ratterte in ihrem Kopf. Das wären ja dann zwei Spritzen. Wieso? Und wie link und gemein, die kleine Katze zu betäuben und dann zu töten. Sie war immer nur von einer Spritze ausgegangen und hatte sich nicht weiter damit auseinandergesetzt, da sie dachte, die Tierärztin würde alles machen.

„Ja, was soll ich jetzt entscheiden? Ist die Narkosespritze gut für Jenny?"

„Vielen Katzen wird schlecht von der Spritze und sie müssen sich übergeben."

„Dann keine."

Das Telefon klingelte. Ausgerechnet jetzt. Es klingelte sonst nie um diese Uhrzeit. Madame stellte den Anrufbeantworter leise und kniete sich wieder zu Jenny auf den Boden.

„Ich bin bei dir, kleine Maus, mein Mädchen."

Die Tierärztin zog die Spritze auf. Mit der linken Hand stützte Madame sanft den Kopf der kleinen Katze, mit der rechten streichelte sie ihren Hals und küsste sie dabei ununterbrochen auf den Kopf. Die Ärztin setzte die Spritze an.

„Dschinnchen, ich bin bei dir. Ich bleibe bei dir. Alles ist gut. Ich hab dich so lieb. Du bist die hübscheste Katze der Welt."

Die Tränen liefen ihr über das Gesicht, Schleim floss ihr aus der Nase.

„Ich hab dich so lieb, kleine Maus. Hab keine Angst, ich bin bei dir. Ich hab dich so lieb." Wieder und wieder wiederholte sie weinend diese Sätze.

Die kleine Katze hielt ihren Kopf weiterhin in Sphinx-Stellung.

„Sie ist eine Kämpferin", die Worte der Tierärztin verwirrten Madame.

„Dann war es doch zu bald." Madame zerriss es das Herz.

„Nein, es kann durch die Tumore länger dauern, bis der Wirkstoff ins Blut geht. Ich gebe ihr noch eine Spritze."

Wie furchtbar. In dem Moment dämmerte es Madame, dass sie sich vorher nicht mit dem Moment des Todes beschäftigt hatte.

„Sie kämpft", wiederholte die Tierärztin.

Alle ihre Bemerkungen hätte sie sich sparen sollen.

„Ich hab dich so lieb, Dschinnchen. Wir sind bald wieder zusammen. Ich komme auch dahin, wo du hin gehst. Hab keine Angst, ich bin bei dir. Du hast mich so glücklich gemacht. Es war so schön, dass wir zusammen leben durften. Ich bin immer bei dir. Alles wird gut. Wir sind nicht getrennt. Du bist nur auf der anderen Seite."

Die Tierärztin berührte ein Hinterbein der kleinen Katze und hob es leicht an.

„Sie ist ganz entspannt." Das war pietätlos.

„Dschinnchen, ich bin bei dir. Alles wird gut. Ich war so glücklich mit dir. Ich liebe dich so sehr, mein Mädchen, mein liebes kleines Mädchen." Madame schluchzte krampfartig.

Langsam, ganz langsam sank der Kopf der kleinen Katze in die Handfläche von Madame.

„Ich hab dich so lieb Jenny, hab keine Angst, ich bin bei dir, du bist nicht alleine. Auf der anderen Seite holen dich ganz liebe Katzen ab, sie warten schon auf dich. Sie spielen dann mit dir im Himmel auf einer grünen Wiese. Und wir zwei reden immer miteinander, das geht, auch wenn wir uns nicht sehen. Ich hab dich so lieb, meine Süße, mein Mädchen, mein Alles. Wir gehören zusammen."

Es war nicht mit anzusehen. Ich hatte mich unter dem Teppich im Büro versteckt und alles von dort beobachtet.

Die Ärztin horchte das Herz der kleinen Katze ab: „Sie hat es geschafft."

Wimmernd und verzweifelt lag Madame über Jenny und streichelte den toten Körper der kleinen Katze. Den genauen Zeitpunkt des Todes hatte sie vor lauter Heulerei gar nicht mitbekommen, was sie sich ewig vorwerfen wird.

„Ist sie wirklich tot?" Sie war kaum zu verstehen.

„Ja, falls der Körper noch zuckt, sind es Reflexe."

Aber die kleine Katze hat nicht mehr gezuckt. Wie anders sie jetzt aussah. Die Augen geschlossen, keine Spannung mehr im Körper, ihre Seele war fort. Sie haben die Seele gegen ihren Willen aus dem Körper vertrieben, wie brutal. Nur noch die Hülle war übrig, leblos ausgestreckt auf dem Kratzbrett. Meine kleine Katze war ermordet worden. Nun wusste ich, wofür das Wort erlösen steht. Erlösen bedeutet jemand anders umzubringen, wenn man selber das Leid nicht mehr aushalten kann. Damit man selber frei ist vom Schmerz, wird behauptet, dass man einem anderen Wesen die Pein ersparen will. Das ist ja das Allerletzte! Und genützt hat es auch nichts. Mein

Dschinnchen war nicht erlöst, sondern tot. Meuchelmadame war völlig verstört und litt. War es jetzt meine Pflicht, ihr ein Glas mit einer Überdosis Arsenicum album hinzustellen, damit sie entscheiden konnte, ob sie zum Dschinnchen gehen oder bei mir bleiben wollte?

Widerstrebend löste Madame ihre Hände vom Körper der kleinen Katze und erhob sich vom Fußboden, um die Ärztin zu bezahlen. Diese wünschte ihr Beileid und ging rasch.

Madame hob das Kratzbrett mit meiner toten kleinen Katze hoch, setzte sich auf die Treppe mit dem Brett auf den Knien und streichelte die kleine Katze. Ihr Körper hat so zerschlagen ausgesehen, so mitgenommen. Was für Anstrengungen müssen sie die letzten Tage gekostet haben. Das alles hatte sie vor uns verborgen. Madame wimmerte. Ich ging zu ihr, sie streichelte mich und ließ mich an meiner kleinen Katze schnuppern. Jenny roch so anders.

Madame machte sich fürchterliche Vorwürfe, die jetzt auch nichts mehr nutzten: „War es einen Tag zu bald, Lanzi? Aber sie litt Qualen. Hätte ich Jenny selbst entscheiden lassen müssen, wann sie geht? Aber sie hatte Angst davor. Hätte ich ihr Leid noch einen Tag aushalten müssen? Wenn ich ihren Bauch anschaue, denke ich, es war richtig, dass wir sie von der Last erlöst haben. Sie war so hart im Nehmen. Sie wollte sich nichts anmerken lassen. Mein tapferes kleines Mädchen. War es eine Warnung, als das Telefon klingelte? Hätte ich alles abbrechen müssen, damit sie noch einen Tag lebt? Ich weiß es nicht. Ich weiß es nicht, Lanzi."

Ich weiß es doch auch nicht.

Aber Madame wäre nicht Madame, wenn sie nicht – zumindest nach außen hin – alles im Griff gehabt hätte. Das Krematorium schloss um 16 Uhr und lag weit außerhalb. Es war die Weihnachtswoche. Die Liste, was noch zu tun war, war lang. Eine ihrer Freundinnen, die auch eine Katze umgebracht hatte, hatte ihr eingeschärft, ein Fenster zu öffnen, wenn die kleine Katze tot war, damit die Seele hinausfliegen konnte. Sie hat gesagt, dass macht man im Orient so. Obwohl wir nicht im Orient leben, ging Madame mit meiner Jenny samt Kratzbrett im Arm langsam und vorsichtig durch jedes Zimmer, damit sich die Seele der kleinen Katze von der Wohnung verabschieden konnte. Ich weiß nicht, ob es das gebraucht hat, die kleine Katze hatte sich sowieso die letzten Tage von den Zimmern verabschiedet. Jedenfalls öffnete Madame mit ihr auf dem Arm in jedem Zimmer ein Fenster. Wahrscheinlich damit die Seele eine Auswahl hatte, durch welches sie hinausfliegen wollte. Dann drehten die beiden eine zweite Runde und Madame schloss die Fenster wieder. Sie stellte das Totenbrett samt der kleinen Katze auf den Küchentisch und holte die Tasche. Aber nicht die blaue Tasche, sondern die schwarze Tasche. Meine Tasche! Sie ist größer als die blaue.

Madame hatte meiner kleinen Katze versprochen, dass sie nie wieder in die blaue Tasche muss. Sorgfältig legte sie unsere Katzendecke mit dem Pfotenmuster in meine Tasche, aber so, dass sie noch an allen Seiten heraushing. Dann nahm sie vorsichtig unser Dschinnchen hoch. Fast wäre ihr meine kleine Katze durch die Hände gerutscht, so schwer zog der Bauch nach unten, aber wie zierlich sie vorne und hinten war. Behutsam und zärtlich ließ Madame den kleinen schwarzen Körper mit den weißen Flecken, der immer kälter wurde, vorsichtig auf die Decke in die Tasche gleiten. Dann ist Madame zur Rosenschale gegangen, hat sieben der fünfzehn Köpfe herausgenommen und hübsch damit unser Dschinnchen verziert. Für jedes gemeinsame Jahr eine Rose, hat sie zu mir gesagt. Keiner von uns hatte vermutet, dass die geliebten rosa Rosen, die Madame fünf Tage vorher für unser Dschinnchen gekauft hatte, zu den Totenblumen meiner kleinen Katze werden würden.

Zermürbt und tieftraurig faltete Madame die Decke sorgfältig über meiner kleinen Katze samt Rosen zusammen, zog den Reißverschluss der Tasche zu, ihren Anorak und die Stiefel an und nahm vorsichtig die Tasche in den Arm. Ich eskortierte die beiden gemessenen Schrittes und andachtsvoll bis an die Wohnungstür. Es war klar, dass ich nicht mitdurfte, sie waren auf dem Weg ins Krematorium. Dort sollte meine kleine Katze bald verbrannt werden. Es war derselbe Weg, auf dem Madame sieben Jahre zuvor meine kleine Katze zu mir gebracht hatte, nur in umgekehrter Richtung. Warum das Krematorium wohl neben dem Tierheim liegt?

Jedenfalls merkte ich jetzt, nachdem die kleine Katze tot war, dass ich sie sehr lieb gehabt habe. Plötzlich spürte ich eine gähnende Leere in meinem Leben und legte mich in eine der Lieblingskuschelkuhlen vom Dschinnchen am Kratzbaum.

Im Krematorium

M adame war wie üblich mit öffentlichen Verkehrsmitteln unterwegs. Erst mit der U-Bahn, dann mit dem Bus. Schützend hielt sie ihre Arme um die Tasche mit der kleinen Katze. Hinterher hat sie mir erzählt, dass ihr an diesem Tag die Menschen der Großstadt sehr hektisch und kalt vorgekommen sind.

„Weißt du Lanzi, viele sind nur mit sich selbst beschäftigt und schauen in ihre Smartphones. Niemand registriert, ob du traurig bist oder deine tote kleine Katze in der Tasche mit dir herumträgst. An anderen Tagen bin ich genau wie diese Typen. Ich gehöre auch dazu. Aber heute habe ich gemerkt, in der Großstadt kannst du nur leben, wenn du gesund und dynamisch bist."

Gott-sei-Dank bin ich gesund und dynamisch. Um Madame mache ich mir allerdings Sorgen.

Angekommen an der Haltestelle beim Krematorium, hörte Madame die Hunde hinter dem Zaun des Tierheimes bellen. Junge Frauen, die andere Hunde aus dem Tierheim Gassi führten, kamen ihr entgegen. Sie dachte zurück an den Tag, als sie die Katzenstation des Tierheimes besucht, meine kleine Katze getroffen und zu uns geholt hatte.

Laut Erzählung von Madame sind die Leute vom Krematorium Vollprofis. Am Empfang presste Madame heraus. „Ich bringe meine Katze zur Einäscherung." Vergeblich versuchte sie die Tränen zurückzuhalten.

„Mein Beileid", sagte die Dame am Empfang teilnahmsvoll. „Nehmen Sie bitte am Tisch Platz, ich bin gleich bei Ihnen."

An einem zweiten Tisch saßen eine junge Frau und ein junger Mann, Geschwister, so um die 20 Jahre alt, die auf die Asche ihres Hundes warteten. Die Frau hat geschluchzt, der Mann war still und sehr traurig. Dann wurde ihnen von einem Mitarbeiter eine große Holzurne in Würfelform ausgehändigt. Es muss ein kräftiges Tier gewesen sein. Wahrscheinlich sind sie mit ihm aufgewachsen und es war ihr Spielgefährte oder ihre Spielgefährtin.

Die Tische stehen in einem Vorraum, in dem hinter Vitrinen verschiedenste Urnen ausgestellt sind. Große und kleine, Holzurnen, Metallurnen, Urnen in Katzenform, in Pyramidenform, einfarbig oder bunt bemalt. Es gibt dort an Urnen alles, was man sich nur vorstellen kann.

Mit einem Zettel kam die Dame zu Madame zurück und nahm ihr gegenüber Platz, um die üblichen Daten aufzunehmen. Mit gedämpfter Stimme fragte sie nach Name und Adresse von Madame, dann nach Name und Alter von meiner kleinen Katze.

„Möchten Sie Sammeleinäscherung, dann kommt die Asche in unser Gemeinschaftsgrab für Tiere, oder Einzeleinäscherung, dann können Sie die Asche mit nach Hause nehmen?"

Natürlich wollte Madame Einzeleinäscherung für mein Dschinnchen.

„Möchten Sie dabei sein und vorher noch von Jenny im Andachtsraum Abschied nehmen?"

Natürlich wollte Madame das.

Als alles geregelt und der Zettel unterschrieben war, ging die Dame in einen anderen Raum, um nach freien Einäscherungsterminen zu sehen. Denn im Krematorium werden tote Tiere im Halbstundentakt in den Ofen geschoben.

„Wir haben noch einen Termin vor Weihnachten frei. Am Donnerstag um 11.00 Uhr. Sie müssten dann um 10.30 Uhr hier sein. Möchten Sie den haben?"

„Ja, den nehme ich."

Madame war es wichtig, dass meine kleine Katze, die die Wärme so sehr geliebt hat, nicht über Weihnachten im Kühlraum sein musste. Und überhaupt sollte das Dschinnchen nicht länger als notwendig im Krematorium bleiben, sondern so schnell wie möglich wieder bei uns zuhause sein, wenn auch nur in Pulverform.

„Sollen wir die Asche fein malen, damit keine Knöchelchen mehr drin sind?"

„Ja bitte."

„Dann bringen wir Jenny jetzt zum Kühlraum, soll ich sie Ihnen abnehmen?"

„Nein, ich möchte sie selbst hinbringen."

Die Frage war sowieso schwachsinnig. Wer lässt sich schon seinen frisch verstorbenen Liebling von einem anderen Menschen abnehmen? Niemand! Außer vielleicht, wenn der Liebling ein Pferd war.

Im vorderen Teil des Kühlraums steht ein langer Tisch, im hinteren stapeln sich Kartons mit toten Tieren. Madame stellte die Tasche mit meiner kleinen Katze auf dem Tisch ab und zog den Reißverschluss der Tasche auf. Die Dame war kurz weggegangen, um mit einem Karton zurückzukehren, in den die kleine Katze gelegt werden sollte.

„Soll ich Ihnen helfen?"

„Danke, ich mache das schon." Madame schlug die Enden der Decke zurück, hob die kleine Katze vorsichtig samt Decke und Rosen aus der Tasche und bettete sie in den Karton um. Ihr Gesicht war patschnass.

„So ein schönes Fell", sagte die Dame aus Höflichkeit, sie wollte etwas Nettes sagen. Dabei war das Fell der kleinen Katze in den letzten Tagen ziemlich glanzlos geworden.

„Wollen sie sich noch von Jenny verabschieden? Dann lasse ich sie kurz alleine."

„Ja. Danke."

Im Raum roch es süßlich und nach Mottenkugeln. Auf dem Tisch lag eine Schere. Madame nahm sie und schnitt vom Körper meiner kleinen Katze ein paar Schwanzhaare ab, die sie in ein Taschentuch wickelte und in ihre Anoraktasche steckte. Dann streichelte sie meine kleine Katze und küsste sie wieder und wieder.

„Dschinnchen, ich bin bei dir. Du bist nicht alleine. Du bist jetzt im Licht, im Frieden. In ein paar Tagen bin ich wieder bei deinem Körper, um ihn zu verabschieden, und dann bringe ich ihn als Asche nach Hause. Ich hab dich so lieb. Tschüss, mein Dschinnchen, tschüss, mein Dschinnchen."

X-mal wiederholte sie diese Sätze so oder zumindest ähnlich. Aus den Augenwinkeln nahm sie wahr, dass die Dame von der Rezeption zweimal vorbeischaute, um zu sehen, ob sie den Karton schließen konnte.

Jetzt kam sie das dritte Mal um die Ecke: „Wir müssen Jenny noch wiegen … wegen der Urnengröße."

Madame warf einen vorläufig letzten Blick auf meine kleine Katze und deckte sie mit der Decke zu.

Die Dame legte den Deckel auf den Karton und stellte ihn auf die nebenstehende Waage.

„6,9 Kilo."

Sie notierte das Gewicht auf den Zettel, schrieb eine Nummer auf den Karton und brachte meine kleine Katze in den hinteren Teil des Kühlraums.

Dann kam sie zurück, verabschiedete sich von Madame und brachte sie nach draußen.

Madame sah grau und müde aus, als sie mit der leeren Tasche zu mir nach Hause kam.

Ich ging ihr entgegen und sie hob mich hoch:

„Wir sind jetzt alleine Lanzi." Dann drückte sie ihr nasses Gesicht auf meinen Bauch. Wie eklig. Sie hätte es vorher mit einem Tuch trocken reiben können. Mich rubbelt sie doch auch immer trocken, wenn ich nass vom Regen oder Schnee von draußen herein komme. Jedenfalls erhielt ich endlich wieder gebührende Beachtung, ich war in den letzten Wochen eindeutig zu kurz gekommen.

Aber nicht, dass sie jetzt in diesen für mich schweren Stunden bei mir geblieben wäre, weit gefehlt. In wenigen Tagen war Weihnachten und sie musste noch Geschenke besorgen und zur Post bringen. Ich fand das ziemlich kaltblütig: Früh sitzt sie am Schreibtisch, mittags lässt sie meine kleine Katze umbringen, macht am Nachmittag einen Ausflug ins Krematorium, kommt heim, setzt die Tasche ab und fährt am frühen Abend in die Innenstadt, besorgt Geschenke und Geschenkpapier, kommt zurück, verpackt die Geschenke, schwingt sich aufs Fahrrad und verschwindet zur Post. Irgendwie hat sie funktioniert wie eine Maschine. Aber vielleicht war das gut. So musste sie sich zusammenreißen, war abgelenkt und konnte nicht die ganze Zeit weinen.

Die erste Botschaft der kleinen Katze

Am nächsten Morgen kam der Handwerker, der Termin war schon seit Wochen vereinbart. Die Wasserzufuhr unserer Heizung war kaputt. Es stellte sich heraus, dass das Ventil verstopft war. Erst die kleine Katze, jetzt ein Ventil. Ist hier denn alles verstopft? Ich frage mich, ob Madame die kleine Katze auch gemeuchelt hätte, wäre der Handwerker nicht angemeldet gewesen. Wollte sie ihr nur Unruhe ersparen? Hätte Madame dem Handwerker nicht absagen und die kleine Katze ein oder zwei Tage später in Frieden sterben lassen können?

Kaum war der Handwerker weg, hat Madame mit dem Krematorium telefoniert. Ursprünglich hatte sie eine Kartonurne für die kleine Katze bestellt. Ihr Plan war, die Asche der kleinen Katze an einem warmen Tag im Sommer unter einem Rosenstrauch zu vergraben, genau wie ich vermutet hatte. Allerdings weiß ich nicht, ob sie das wirklich gemacht hätte. Liliths Asche wartet seit bald acht Jahren auf dem Bücherregal in ihrem vergilbten Pappkarton darauf, dass sie im Park verstreut wird. Jedenfalls ist Madame am Morgen, bevor der Handwerker kam, aufgewacht und hat sich ruckartig im Bett aufgesetzt:

„Sie will in der Wohnung bleiben und eine richtige Urne haben."

Ich lag neben ihr und habe sie verschlafen angeblinzelt. Zuerst dachte ich, sie brabbelt im Traum. Um Zeit zu gewinnen, habe ich lange und hörbar gegähnt.

Madame hatte überlegt, eine edle graue Urne zu bestellen. Doch dann hat sie ihrer Schilderung nach ganz klar gespürt bzw. angeblich die Botschaft vom Dschinnchen bekommen, dass meine kleine Katze eine ganz bestimmte Urne will. Ich glaube immer noch, dass Madame das geträumt hat, wie soll denn die kleine tote Katze eine Botschaft schicken?

„Jenny will eine rosa Urne. Eine rosa Urne mit Glitzersteinen."

Ich habe nichts kommentiert, sondern mich gestreckt und die Ohren gespitzt.

„Ja, Lanzi, Dschinnchen will nicht, dass die Asche in den Erdboden kommt, sie möchte bei mir bleiben."

Wenn, dann will sie bei UNS bleiben. Nicht nur bei ihr. Madame ist eine maßlose Egoistin. Jedenfalls hat sie später, gleich nachdem der Handwerker weg war, beim Krematorium angerufen und eine rosa Urne mit Glitzersteinen bestellt.

„Ja, rosa glasierte Keramik und mit einem Herz aus Kristallen. Nicht die Version mit der Pfote aus Kristallen, sondern die mit dem Herz."

Die mit der Pfote wollte Madame nicht, weil sie sagte, Jenny war mehr als eine Katze, sie war ein Wesen, eine wunderbare Seele. Verstehe ich nicht, was kann man mehr sein als eine Katze?

Die Dame versprach jedenfalls, die Wunschurne zu bestellen, meinte aber, dass sie erst nach der Einäscherung ankommen würde.

Als das geregelt war, rief Madame die Tierärztin an. Es hatte ihr keine Ruhe gelassen mit der Narkosespritze. Hätte Sie Jenny eine geben lassen sollen oder nicht? Sie wollte wissen, wie der Tod für die kleine Katze war.

„Sie haben alles richtig gemacht", hat die Tierärztin gesagt. „In der Spritze waren Barbiturate, die Tiere sehen Lichter, spüren ein Glücksgefühl und entspannen sich genauso wie Menschen, die sich mit Barbituraten umbringen."

Aber welche Ärztin hätte das nicht gesagt? Was hätte sie sonst sagen sollen? Vielleicht: Ihre Katze spürte beim Sterben mehr Qualen als nötig?

Am Weihrauchstand

M adame musste wieder in die Innenstadt, um noch allerletzte Geschenke einzukaufen. Gleichzeitig ärgerte sie sich, dass sie diesen ganzen Zirkus mitmachte und nur Geschenke kaufte, weil ein paar Leute ein Geschenk erwarteten. Dieser ritualisierte Geschenkeaustausch war ihr sowieso zuwider und jetzt, nach dem Tod meiner kleinen Katze, war er ihr gleich doppelt egal. Gleichzeitig lenkte sie der Weihnachtsstress von der Trauer um die kleine Katze ab. Das Treffen mit einer Freundin hatte sie allerdings abgesagt, sie wollte keine Gespräche führen, sondern nur an die kleine Katze denken. Bei ihren Einkäufen hatte sie fast alles bekommen, was sie wollte, bis auf die Räucherkohle, auf der sie für die kleine Katze Weihrauch verbrennen wollte. Also ist sie zu einem Weihnachtsmarkt im Hof eines alten Schlosses. Sie wusste, dort war eine Bude mit Räucherwaren, weil sie an diesem Stand jedes Jahr etwas kauft: Weihrauch, Räuchersand oder im letzten Jahr einen goldenen Elefanten, der eine Räucherschale auf dem Rücken trägt. Sie geht immer dorthin, weil niemand so viel über Räuchern weiß wie die Besitzerin des Standes, der auch ein Geschäft in der Innenstadt gehört.

Wie betrübt Madame war mitten unter all den gut gelaunten Menschen, die an den Glühweinständen fröhlich lachten. Sie dachte daran, wie sehr sie sich auf die Weihnachtszeit gefreut hatte und wie anders alles gekommen war. In den letzten Tagen hatte sie beschlossen, sich nie wieder auf etwas zu freuen, damit sie nicht enttäuscht werden konnte. Am Räucherstand hat Madame nach der Räucherkohle gefragt und kam mit der Besitzerin, die in eine warme Jacke aus Lammfell gehüllt war und wegen der Kälte die Kapuze tief ins Gesicht gezogen hatte, ins Gespräch. Madame wollte wissen, was deren Lieblingsweihrauch wäre.

„Lieblingsweihrauch? Das kann ich so nicht sagen. Mein Mann und ich verbrennen Räucherwerk, je nachdem was wir gerade brauchen, was uns seelisch gut tut."

„Können Sie mir etwas empfehlen? Ich habe gerade meine Katze umgebracht, gibt es etwas, was mir hilft, das zu verkraften?"

„Sie haben ihre Katze nicht umgebracht, sondern erlöst. Ich habe selber zwei Katzen. Das, was Sie brauchen, habe ich nicht da, ich habe es nur in unserem Geschäft. Benzoe-Weihrauch hilft loszulassen, und zwar Ihnen und Ihrer Katze, so dass sie sich beide irgendwann nur noch an das Gute erinnern. Ich werde ihn morgen mitbringen, falls Sie noch einmal vorbeikommen können."

Also diese Dame ist genauso schräg drauf wie Madame. Auch sie glaubt, dass die kleine Katze noch irgendwie da ist. Sonst würde sie ja nicht davon sprechen, dass die kleine Katze auch loslassen muss.

„Ich hole ihn morgen am Nachmittag ab. Hätten sie noch einen Weihrauch speziell für meine Katze? Sie hat Rosen so sehr geliebt. Rosa Rosen vor allem."

Wieso hat sie von IHRER Katze gesprochen. Sie bleibt MEINE kleine Katze.

„Ja, da habe ich etwas für Sie." Die Dame hob mehrere schmale Glaszylinder gegen das Laternenlicht, um die Etiketten der Weihrauchsorten und Kräutermischungen zu lesen. Dann streckte Sie Madame ein Röhrchen mit hübschen weiß gepuderten kleinen rosa Vierecken entgegen.

„Das ist Rosenweihrauch, eine griechische Spezialität vom Berg Athos. Er wird in Handarbeit hergestellt. Die Harzbrocken aus der Rinde des Weihrauchbaumes werden von den Mönchen im Wasserbad erhitzt, mit hochwertigen Duftstoffen veredelt und auf einer Marmorplatte ausgewalzt. Nach dem Aushärten wird die Masse mit Magnesium bestreut, damit der Weihrauch nicht verklebt, wenn er in kleine Stücke zerschnitten wird."

Madame bezahlte alles, bedankte sich höflich und versprach am nächsten Tag ihre Bestellung abzuholen.

Abschied vom Körper der kleinen Katze

Es war am Tag der Wintersonnenwende. Ab sofort sollte es draußen länger hell sein. Gemerkt habe ich davon nichts. Madame stand früh auf, wusch sich die Haare und machte sich schön, um den Körper unseres Dschinnchens, meiner kleinen Katze, gebührend zu betrauern und auf dem allerletzten Weg zu begleiten. Sie trug eine schwarze Jeans und ein edles schwarzes Oberteil mit Spitze. Mehrmals hat sie mit erzählt, dass der Körper der kleinen Katze verbrannt werden würde. Naja, meine kleine Katze mochte es ja warm, aber gleich so warm? So recht weiß ich nicht, was ich davon halten soll.

Madame legte die Spielschnur vom Dschinnchen zurecht. Noch schwerkrank hatte sich die kleine Katze in voller Breite darauf gelegt, um mir zu zeigen, dass es ihre Schnur war. Wie raffgierig sie sein konnte. Naja, über Tote soll man nicht schlecht sprechen. Dann schüttelte Madame eine Handvoll Rosenweihrauch in eine kleine Tüte, fischte die verbliebenen acht Rosenköpfe aus der Glasschale, rupfte die Blütenblätter ab und packte sie in eine andere Tüte. Anschließend, ich dachte, ich sehe schlecht, nahm sie das türkisblaue Kissen aus Seidenbrokat mit den goldenen Elefanten drauf und schnitt die Elefanten aus! Und das alles, um es der kleinen Katze ins Feuer mitzugeben! Es war mein Kissen! Zumindest war es AUCH mein Kissen!

Im Krematorium musste Madame kurz im Vorraum Platz nehmen und warten, während meine kleine tote Katze in den Andachtsraum gebracht wurde. Nach ein paar Minuten wurde Madame in das kleine, fensterlose Zimmer gerufen. Vor der Wand mit der Fototapete einer melancholisch wirkenden Herbstlandschaft, einer Allee mit Pappeln im goldenen Laub, stehen Grünpflanzen, an der anderen Wand zwei Sessel, es gibt ein Regal mit Trauerbüchern und einer Bibel und an der Wand gegenüber der hölzernen Eingangstür einen Monitor. In der Mitte stand auf einem Rollwagen ein kleiner, oben offener Holzsarg. Darin lag meine kleine Katze in ihrem Karton, ohne Deckel, genauso wie Madame sie hineingelegt hatte. Madame schossen sofort die Tränen in die Augen als sie das Dschinnchen sah. Minutenlang hat sie den kalten Körper gestreichelt und mit ihren Tränen vollgetropft, bevor sie halbblind meine kleine Katze samt Decke vorsichtig herausgehoben und auf einem der Sessel zwischengelagert hat. Dann hat sie den Seidenbrokat mit den Elefanten in den Karton gelegt, glatt gestreift und ganz vorsichtig meine kleine, kalte, steife Katze ohne Decke hochgehoben und zärtlich auf die Elefanten im Karton gebettet.

„Deine Elefanten sind bei dir, du bist nicht alleine, Dschinnchen. Sie begleiten dich und bleiben bei dir. Und deine Spielschnur habe ich auch mitgebracht."

Also war die Seele jetzt noch da oder weg? Irgendwie war das alles unlogisch.

Madame schob die Schnur nahe an die Pfötchen, den Rosenweihrauch schmuggelte sie unter den Rücken meiner kleinen Katze, weil sie nicht wusste, ob Weihrauch erlaubt war. Am Ende hat Madame rund um meine Jenny die rosa Rosenblätter gestreut. Es muss sehr hübsch ausgesehen haben. Fast wie ein Kunstwerk. Dann hat sie die kleine Katze liebevoll gestreichelt und sich für all die schönen Momente bedankt, die sie mit ihr erleben durfte: Für die Szenen im Badezimmer, dort hat die kleine Katze Schaumflocken gefangen, während Madame ein Bad genommen hat. Und für die Augenblicke, in denen sie durch das Küchenfenster mit ihrer Pfote das Eichhörnchen berühren wollte, das im Topf mit den Küchenkräutern vor ihrer Nase saß und die jungen Triebe abfraß. Und für die Minuten, in denen sie sich unter dem Spannbetttuch versteckt hatte, um dabei zu sein, wenn Madame das Bett frisch bezog. Und für die filmreifen Vorführungen, bei denen sie aus dem Katzentunnel in der Mitte herausguckte, wie Captain Nemo aus seinem U-Boot Nautilus, bevor sie samt Tunnel raschelnd umkippte.

Viel zu schnell für Madame war die halbe Stunde um und es klopfte an der zweiten Tür. Im Gegensatz zu der Holztür, durch die Madame hereingekommen war, war diese Tür aus Stahl.

„Es ist Zeit für die Einäscherung. Sie können auf dem Monitor verfolgen, wie der Karton mit Jenny in den Ofen geschoben wird." Der Mann in der uniformmäßigen dunklen Kleidung klang ruhig und freundlich.

„Wo ist der Ofen denn?"

„Gleich nebenan ist der Verbrennungsraum."

„Kann ich Jenny selbst zum Ofen bringen?"

Bestimmt hatte der Mann schon viele weinende Menschen gesehen, aber aus welchem Grund auch immer, tatsächlich erlaubte er Madame, den Rollwagen mit dem Sarg und meiner geschmückten kleinen Katze drin bis zur Schwelle des Krematoriums zu fahren.

„Weiter darf ich Sie nicht lassen, Sie können von hier aus zusehen."

„Und wann bekomme ich die Asche?"

„In ungefähr 1 ¼ Stunden, wenn sie abgekühlt ist. Links neben dem Eingang ist ein Warteraum, dort können Sie in der Zwischenzeit einen Kaffee trinken."

Er schob den Wagen weiter bis zu einer stählernen Hebebühne, nahm den Karton mit der kleinen Katze aus dem Sarg, hob ihn auf die eiserne Plattform und drückte einen Knopf. Leise surrte die Plattform nach oben und stoppte in ca. drei Meter Höhe. Gegenüber öffnete sich die Klappe des Ofens, loderndes Feuer war zu sehen. Langsam schwebte der Arm der Hebebühne mit meiner kleinen Katze der Öffnung entgegen. Der Karton mit ihr verschwand in den flackernden Flammen, die Klappe schloss sich. Unsichtbar für Madame fraß sich das Feuer in mein Dschinnchen hinein.

Madame blieb noch kurz stehen, drehte sich dann langsam um, ging gebeugt durch den Andachtsraum zurück zur Rezeption und an dieser vorbei in den Kaffeeraum. Wie betäubt saß sie da, während wenige Meter weiter der Körper meiner kleinen Katze im Ofen langsam zu Asche zerfiel. Madame ließ einen Kaffee aus der Maschine, wartete und starrte vor sich hin. Als die Zeit um war, ging sie zur Rezeption, um sich die Asche aushändigen zu lassen.

„Einen Moment, ich sehe nach, ob sie schon abgekühlt ist, nehmen Sie inzwischen bitte Platz."

Wenig später kam die Dame mit einem durchsichtigem Plastikbeutelchen, in dem die Asche war, und einer Tüte mit dem Namensaufdruck des Krematoriums zurück.

„Die Urne ist ja noch nicht da. Ich gebe Ihnen eine Tüte mit."

Wie ungeschützt und empfindsam das Beutelchen mit der noch handwarmen Asche wirkte. Selbst in der Papptüte wirkte es verletzlich. Das konnte Madame Jenny nicht antun.

„Nein, ich kaufe eine Kartonurne für den Transport."

Als das geregelt war, versicherte ihr die Dame, dass sie sofort anrufen werde, sobald die rosa Glitzerurne eingetroffen sei. Madame verließ das Krematorium mit der Asche von der kleinen Katze in der großen, schwarzen Handtasche, sie liebt große Handtaschen. Kleine Handtaschen wären für den Transport von Pappurnen im Übrigen gänzlich ungeeignet.

Gemeinsam begaben sich die beiden – Madame und Jenny in Ascheform – auf den Weihnachtsmarkt, um den bestellten Weihrauch abzuholen. Die Räucherspezialistin hatte ihn extra für sie abgepackt.

„Es wird länger dauern, bis sie sich voneinander lösen, deshalb habe ich Ihnen eine größere Menge mitgebracht. Räuchern Sie intuitiv. Wenn Sie das Gefühl haben, es soll der Rosenduft sein, nehmen Sie den. Wenn Sie spüren, es soll der andere sein, nehmen Sie den anderen. Räuchern Sie ohne jede Erwartung."

„Ich habe gestern schon mit dem Rosenduft geräuchert und danach, das erste Mal seit der Tumor-Diagnose, durchgeschlafen."

„Dann war es richtig, wie sie es gemacht haben. Sie haben ohne Erwartungen geräuchert."

Als Madame zuhause war und mir erklärt hat, dass die kleine Katze im Karton ist und mir die Asche gezeigt hat, war ich schockiert. Erst bringt sie sie um und dann verbrennt sie sie noch. Davon zu hören ist etwas anderes, als plötzlich die Asche zu sehen. Das soll meine kleine Katze gewesen sein? Aber dann erinnerte ich mich dunkel, dass sie mir vor Jahren auch die Asche von Lilith gezeigt hatte.

Wie am Tag vorher hat Madame wieder geräuchert. Diesmal hat es noch schlimmer gerochen. Wieso macht sie das eigentlich? Um ihr schlechtes Gewissen zu reinigen? Ich wollte gerade in den Garten, um dem Gestank zu entkommen. Und wer saß gegenüber der Katzenleiter unbeweglich und hat zum Fenster hoch gestarrt? Findus. Er hat um meine kleine Katze getrauert. Wie konnte er wissen, dass sie tot war? Jedenfalls habe ich mich dann entschlossen, doch nicht in den Garten zu schlendern, sondern am Fenstersims sitzen zu bleiben, um ihn abzuschrecken. Irgendwie wollte ich Findus das erste Mal, seit wir uns kennen, nicht vertreiben. Er hat mir leidgetan, wie er da so einsam saß und geknickt zum Fenster hochgeguckt hat.

Als ich zurück in unsere Wohnung bin, lag Madame schon im Bett. Mit der Kartonurne! Madame hat tief und fest geschlafen. Wahrscheinlich betäubt vom Weihrauch. Oder weil Wintersonnenwende war. Weiß der Himmel warum.

Am nächsten Tag hat sie die Pappurne mit der kleinen Katze drin gestreichelt, ist aufgestanden und hat die Urne auf den Küchentisch gestellt, zwei Kerzen angezündet und beim Frühstück mit ihr gesprochen. Seither mache ich mir wirklich

Sorgen um sie. Nein, nicht um die kleine Katze, sondern um Madame.

Die rosa Glitzerurne

Es gab keine Vorräte mehr und Madame musste einkaufen gehen. Sie selber hatte zwar überhaupt keinen Appetit, aber Freunde waren für die Feiertage angemeldet und sie konnte schließlich nicht allen absagen. Gespräche mit Menschen würden sie vielleicht auf andere Gedanken bringen. Sie hatte sich inzwischen zu einer echten Heulsuse entwickelt.

Wie hat sie sich gefreut, als sie beim Lebensmittelgeschäft an der Kasse stand und ein Anruf vom Krematorium kam. Die rosa Glitzerurne war da! Also ist Madame wieder abgezischt, kaum hatte sie die Einkäufe für die Feiertage im Kühlschrank verstaut. Im Krematorium muss sie allerdings ziemlich ausgetickt sein.

Dass das Krematorium ganz schön weit draußen ist, habe ich schon geschrieben, außerdem war es inzwischen zwei Tage vor Weihnachten. Man brachte Madame die Urne fest eingewickelt und in einem Karton.

„Lassen wir sie doch so schön eingepackt, dann kann beim Transport nichts passieren", meinte die freundliche Mitarbeiterin des Trauerinstituts mit sanfter Stimme. Die sprechen dort alle so, das gehört zum Geschäft.

„Nein, ich möchte, dass Sie die Urne auspacken, damit ich sehe, ob sie intakt ist." Madame ist nämlich die volle Kontrolletti-Tante. Nicht bei Katzen, aber bei Menschen, und wie sich gleich rausstellen sollte, zu Recht. Denn als die Mitarbeiterin die Urne ausgepackt hatte, war sie zwar intakt, aber dann klappte Madame der Unterkiefer herunter.

„Ich habe die mit dem Herzen bestellt, nicht die mit den Pfoten. Die nehme ich nicht, das Motiv ist mir sehr wichtig."

„Oh, ich werde bei meiner Kollegin nachfragen."

Die Mitarbeiterin kam zurück:

„Ja, wir haben das Herzmotiv bestellt, aber die Urne ist falsch geliefert worden."

Madame war sehr, wirklich sehr enttäuscht, jetzt hatte sie extra wegen der Urne den langen Weg auf sich genommen, wollte sie doch, dass die Asche von Jenny sobald wie möglich aus dem Pappkarton heraus und in die Glitzerurne hineinkam. Den Bruchteil einer Sekunde überlegte sie, ob sie die Urne mit den Pfoten nehmen sollte, verwarf den Gedanken aber sofort. Sie würde sich täglich darüber ärgern, wenn sie das Gefäß ansah. Da der Mitarbeiterin nicht entging, wie enttäuscht Madame war, machte sie ihr ein Angebot.

„Wir werden Ihnen die Urne per Post schicken, sobald sie da ist, dann brauchen sie nicht nochmal extra zu uns zu fahren. Das Porto übernehmen wir."

Madame war einverstanden.

„Aber versprechen Sie mir, dass Sie die Urne überprüfen, bevor Sie sie an mich abschicken. Die Keramik muss intakt sein und das Herzmotiv tragen."

„Ja, natürlich, wir rufen Sie an, sobald wir die Urne für Jenny dem Lieferservice übergeben haben. Allerdings wird das erst nach den Feiertagen sein."

Der Trauerservice war wirklich 1 A. Sie erwähnten dort immer wieder den Namen von Jenny und gaben so Madame das Gefühl, sie wüssten, dass Jenny die zweitwichtigste Katze der Welt gewesen ist. Die wichtigste bin natürlich ich. Das konnten die aber nicht wissen, weil sie mich nicht kennen. Und das ist gut so, sonst wäre ich tot, weil die ja nur tote Katzen kennen.

Madame war einerseits sehr unglücklich, dass meine kleine Katze über die Feiertage weiterhin in der Pappurne bleiben musste. Andererseits war sie gar nicht unglücklich, weil sie weiterhin mit der Asche von Jenny ins Bett gehen konnte. Ja, seit sie die Asche im Pappkarton zuhause hatte, schleppte Madame die Asche von Raum zu Raum, je nachdem wo sie sich gerade aufhielt. Das Ritual begann täglich im Schlafzimmer. Von dort brachte Madame die Kartonurne und alles Zubehör – es bestand aus einem neuen Bilderrahmen aus Glitzersteinen mit dem Foto der kleinen Katze, einer Vase mit Rosen und zwei rosa Kerzenbecher mit Teelichtern – in die Wohnküche, damit Jennys Asche beim Frühstücken dabei war. Dort blieb der kleine Altar stehen, bis Madame unter Weinen ihren Kaffee getrunken und geduscht hatte und angekleidet war. Natürlich duscht Madame nicht in der Küche, sondern nebendran im Bad. Danach schleppte Madame alles ins Büro und richtete dort den Altar auf einem kleinen rosa Beistelltisch aus Blech ein. Wenn Sie sich im Laufe des Tages einen Imbiss in der Küche richtete, schleppte sie wieder alles auf den Küchentisch, von dort wieder ins Büro und von dort zum Abendessen auf den Küchentisch. Dann manchmal ins Wohnzimmer, wo Madame an den Abenden oft noch eine Stunde lang Bücher liest, die mit ihrem Fachgebiet oder auch nicht mit ihrem Fachgebiet zu tun haben, von dort schleppte sie wieder alles ins Schlafzimmer auf das Bücherbrett – allerdings nur das Zubehör. Die Kartonurne hat sie tagelang mit ins Bett genommen, sich an sie gekuschelt und dabei jede Nacht leise geweint, bis sie eingeschlafen ist. Wenn sie nicht einschlafen konnte, bin ich zu ihr, habe mich an ihre Seite geschmiegt und versucht, sie zu trösten und abzulenken, indem ich sie zwang, mich zu streicheln. Geht ganz leicht. Einfach den Kopf unter ihre Hand schieben. Das klappt immer.

Ein neuer Christbaumschmuck

An den Weihnachtstagen hatten wir ziemlich viel Besuch, so dass Madame alle Hände voll zu tun hatte und nicht die ganze Zeit den Verlust der kleinen Katze bejammern konnte. Mit ihrer roten Heulnase sah sie inzwischen aus, als hätte sie eine Rote-Beete-Knolle im Gesicht.

Kochen und abspülen während der Feiertage am laufenden Band. Putzen wenig. Madame ist sehr schlau, weil sie immer erst putzt, wenn die Gäste weg sind. Ihre Freundinnen und Freunde machen immer sauber bevor Gäste kommen. Das ist total bekloppt, weil sie dann hinterher die Wohnung ein zweites Mal reinigen müssen. Am Samstag vor Weihnachten kamen Freunde zum Frühstück, an Weihnachten Freundinnen zum Abendessen, am ersten Feiertag kamen welche gleich für den ganzen Tag und am zweiten Tag war Madame am Abend eingeladen und ließ mich alleine.

Während sie am Heiligen Abend Essen zubereitet hat, es gab grünen Salat mit Orangen und Stremellachs, Hirschgulasch, Knödel, Blaukraut und Schoko-Eierlikör-Dessert, habe ich die Gäste beschäftigt, indem ich mich auf dem mit goldenen Sternen bestickten Weihnachtstischtuch am Küchentisch ausstreckte. Alle durften mich gleichzeitig streicheln. Nach den Wochen, in denen ich vernachlässigt wurde, tat das sehr gut. Erfreulicherweise habe ich zu Weihnachten ein neues Seidenkissen mit Elefanten gekriegt, was mich etwas damit versöhnt hat, dass Madame das alte Kissen bzw. Teile davon der kleinen Katze mit in den Ofen gegeben hatte. Madame hat sich selber auch etwas geschenkt. Eine neue Christbaumkugel, die sie ganz vorne an den Baum gehängt hat. Sie kauft jedes Jahr einen neuen Christbaumanhänger. Vorletztes Jahr war es eine rote Eule, letztes Jahr ein roter Elefant und dieses Weihnachten? Na was wohl. Eine kleine schwarze Katze mit weißem Latz und weißen Pfoten. Jedes Mal, wenn Madame am Christbaum vorbei ging, tippte sie sie leicht an und brachte sie zum Schwingen. Und jedes Mal flüsterte sie: „Es ist dein Baum Dschinnchen. Ganz allein dein Baum."

Ich sage dazu jetzt nichts.

Ansonsten war Madame die Tage zwischen den Jahren viel im Park spazieren und zwar immer, wenn es richtig dicke Flocken geschneit hat. Sie hat gemeint, das bräuchte sie, um sich ganz tief mit der kleinen Katze zu verbinden.

Der schwarze Rabe an Silvester

Einen Tag vor Silvester kam endlich die Urne an. Aber nicht, dass Madame die kleine Katze sofort umgebettet hätte, als die Urne ausgepackt war. Sie hat nochmal mit dem Karton geschlafen und erst am Silvestermorgen, 13 Tage nach dem Mord an meiner kleinen Katze, unser Dschinnchen bzw. das Tütchen mit seiner Asche schweren Herzens in die Urne getan, und zwar erst, nachdem sie die Urne über der Heizung angewärmt hatte.

Gegen 9.30 Uhr hat Madame das Haus verlassen und ist um 16.30 Uhr zurückgekommen. Das ist ganz typisch für den Silvestertag. Jedes Jahr wandert sie mit einer guten Freundin am letzten Tag des Jahres zu einem Kloster im Landkreis, das auf einem kleinen Berg liegt. Für die beiden ist das so eine Art Jahresabschlussritual. Wie üblich sind sie im Auto bis zu einem kleinen Ort an einem großen See gefahren, haben am Bahnhof geparkt und sind dann bei der goldenen Muttergottesstatue im Ortszentrum nach rechts über Wiesen, durch Wald und eine Schlucht zum Kloster gewandert. Herunterwärts nehmen sie immer einen anderen Weg, der breit und geschottert ist, so dass sie auch nach einem Bierchen auf der Klosterterrasse heil nach unten kommen.

Dieses Jahr ist etwas Seltsames passiert. Kurz nachdem Madame am Silvestermorgen das Haus verlassen hatte, um zum Treffpunkt zu gehen, an dem ihre Freundin sie immer aufgabelt, ist nur eine Straße weiter von uns ein blauschwarz schimmernder Rabe direkt auf Madame zugeflogen, hat auf ihrer Höhe auf einem Autodach eine Vollbremsung aus der Luft hingelegt, ihr direkt in die Augen gesehen, gekrächzt und ist wieder weggeflogen. Sie ist erschrocken, obwohl sie an Raben gewöhnt ist, da sie beim Joggen viele trifft. Im nahen Park wimmelt es vor Raben. Jetzt fragt sie sich die ganze Zeit, ob der Rabe ein Zeichen von meiner kleinen Katze aus dem Jenseits war. Auch in dem Glitzerrahmen, den Madame einen Tag vor Weihnachten gekauft hatte, um ein Foto von meiner kleinen Katze aufzustellen, war ein Rabe, den Madame aber erst zu Hause bemerkte, da es ihr nur um den Glitzerrahmen ging. Wie blind kann man denn sein!

Ihrer Wanderfreundin hat sie von dem Raben erzählt. Die Freundin weiß nicht nur jede Menge über große und kleine Berge, sondern ist zudem mythologisch sehr bewandert.

„Meinst du, der Rabe wollte mir eine Botschaft von Jenny bringen? Oder vielleicht hat er als Totenvogel die Seele von Jenny getragen?"

Ihre Freundin dachte ernsthaft darüber nach, während beide bergauf wanderten.

„Schwer zu sagen. Die nordamerikanischen Ureinwohner halten Raben für Mittler zwischen Himmel und Erde. Deshalb sind sie auf vielen der geschnitzten Totempfählen dargestellt."

„Aber was ist mit dem Raben in unseren Breiten? Hatte nicht Odin bzw. Wotan im nordischen Götterhimmel zwei Raben, die ihm den Weg gezeigt haben? Hugin und Munin. Odin sandte die beiden jeden Morgen aus, sie flogen durch die Welt und flüsterten ihm am Abend nach ihrer Rückkehr alle wichtigen Neuigkeiten ins Ohr, die sie unterwegs gesehen und gehört hatten."

„Deshalb heißt der Göttervater auch Hrafnagud, Rabengott. Hugin steht für das Denken oder die Weisheit, Mugin für die Erinnerung oder Allwissenheit. Odin selbst konnte ebenfalls die Gestalt eines Raben annehmen. Und in Indien wird die Göttin Kali, die Todesgöttin, von Raben begleitet. Das verwundert nicht. Der Rabe gilt als

Gestaltwandler, Götterbote und Hüter magischer Kräfte. Raben sind klug, geschickt und einfallsreich. Sie werden zu den intelligentesten Tieren überhaupt gerechnet."

Die Freundin hing ihren Gedanken nach. Dann fuhr sie fort:

„Der Rabe ist angeblich der einzige Vogel, der ins Jenseits und wieder zurück fliegen kann. Außerdem wird er der Wintersonnenwende zugeordnet."

„Und am Tag der Wintersonnenwende ist der Körper von Jenny verbrannt worden." Madame verfiel ins Grübeln. Für sie war er einer der düstersten Tage des Jahres gewesen.

Nach einiger Zeit, während der sie stumm nebeneinanderher trotteten, meinte die Freundin: „Angeblich besitzt er das Wissen, wie man mit anderen Tieren sprechen und sich sogar in sie verwandeln kann."

„Siehst du! Vielleicht wollte er mir etwas von Jenny sagen? Oder er war Jenny?"

„Ich weiß es nicht. Jedenfalls steht der Rabe für Wiedergeburt, Wiederbelebung, Erneuerung, Neuerschaffung und für Heilung. Der Legende nach verkörpert er die Seele von Verstorbenen, die wiederkehren."

„Das passt doch alles ganz genau!" Madame war ganz aufgeregt und wäre fast über eine Baumwurzel gestolpert.

„Es kann auch Zufall gewesen sein." Sie wanderten schweigsam weiter.

„Ist er jetzt ein Todesvogel oder nicht?" bohrte Madame hartnäckig nach.

„Nur bei Christen gilt der Rabe als Vogel der Unterwelt und des Todes, er zählt zum Gefolge des Teufels."

„So ein Unsinn. Jedenfalls kann der Rabe ins Jenseits und wieder zurück fliegen."

Also ehrlich, ich glaube, der Rabe ist zufällig auf das Autodach geflogen. Warum sollte die kleine Katze einen Vogel schicken? Oder sich in einem Vogel verwandeln? Das klingt nach Hokuspokus. Madame hat einfach gerade rabenschwarze Tage. Sie sagt doch immer, alles im Außen spiegelt das Innere. Also rabenschwarz innen, rabenschwarz außen. Ganz simpel. Warum macht sie immer alles so kompliziert?

Madame hat in der Klosterkapelle übrigens Kerzen für die kleine Katze aufgestellt und sich im Pilgerbuch für die Jahre mit der kleinen Katze bedankt.

Am Silvesterabend hatten wir Freunde zu Besuch bis vier Uhr in der Frühe. Einer hat die ganze

Zeit von sich und seinen neuesten Filmprojekten erzählt. Madame war das ganz recht, so musste sie als Gastgeberin nicht die Gespräche in Gang halten. Und ich war froh, nicht alleine zu sein, als die Knallerei draußen losging. Wir haben keine Böller gezündet, sondern an den Fenstern nur große Fackeln aufgestellt.

In den folgenden Tagen wurde es endlich wieder ruhiger, ohne die kleine Katze war es fast ein bisschen sehr ruhig. Madame musste wieder arbeiten, aber immer, wenn sie zu Hause war, hat sie weiterhin die Urne von Zimmer zu Zimmer getragen und mit ihr gesprochen. Täglich brannten Kerzen davor und mindestens einmal pro Woche wurden frische Rosen gekauft und neben das Bild meiner kleinen Katze gestellt.

Die zweite Botschaft der kleinen Katze

Die Wanderfreundin von Madame hatte gesagt, dass es 40 Tage dauert, bis sich eine Seele verabschiedet. Als 40 Tage vorbei waren, war alles wie immer, nichts Außergewöhnliches hat sich ereignet. Dann kam der Tag Nummer 42. Genau sechs Wochen vorher hatte sie meine kleine Katze ermordet oder ermorden lassen, was es nicht besser macht. Die Uhr zeigte kurz vor halb zehn am Abend, eigentlich keine Zeit für Madame, sie arbeitet oft bis nach Mitternacht. Doch sie war müde und erschöpft, weil sie in der vergangenen Woche geschuftet und auch das Wochenende am Schreibtisch gesessen hatte. Sie beschloss ins Bett zu gehen. Als Madame die Kerzen vor der Urne und dem Bild der kleinen Katze löschen wollte, sie hatte alles auf dem Küchentisch aufgebaut, spürte sie einen deutlichen Impuls, dass sie für die kleine Katze räuchern sollte. Madame hat hinterher behauptet, er wäre nicht ihre Idee gewesen, sondern der Wunsch vom toten Dschinnchen. Ich wundere mich seit dem Tod meiner kleinen Katze über gar nichts mehr, was Madame sagt. Ich hoffe nur, sie spricht nicht mit anderen darüber. Jedenfalls hat sie das Räucherzeug geholt, eine Kohle entzündet, Benzoe-Weihrauch und Rosenweihrauch gemischt und im kleinen, weißen Porzellanmörser zerstoßen. In diesen Minuten ist draußen ein Sturm aufgezogen. Huihui. Der Wind hat gepfiffen und gepeitscht. Die Bäume im Garten haben geschwankt und verwelkte Blätter sind durch die Luft gewirbelt. Die Nacht war hell, der Mond fast voll. Madame hat das alles erst bemerkt, als sie ein Fenster geöffnet hat, damit die Rauchschwaden abziehen konnten. Ein Windstoß ist durch die ganze Wohnung gefegt und hat die losen Papierbögen vom Schreibtisch geweht. So schräg das jetzt klingt, kaum war Madame mit der Räucherzeremonie fertig, war auch der Wind weg. Dann hat sie die Urne dreimal Richtung Himmel gehalten, sich zu mir gewendet und gesagt, „Jenny ist jetzt im Licht".

Die gelben Rosenblätter, die sie auf das Fensterbrett des Schlafzimmers gestreut hatte, waren am nächsten Morgen weg, obwohl kein Wind mehr aufgekommen ist. Klingt ziemlich gespenstisch und genau das war es auch. Ab diesem Zeitpunkt ist Madame ruhiger geworden und der Spuk mit Raben, Mond und Wind war vorbei, fast vorbei.

Noch ein paar Tage lang hat Madame die Urne hin- und hergeschleppt, bis sie eines Morgens bepackt mit der Urne und unterwegs vom Schlafzimmer zum Küchentisch abrupt stoppte. Ich dachte es mir. Wieder eine Botschaft von meiner kleinen Katze, die doch eigentlich tot war oder im Licht, wie Madame zu sagen pflegt.

„Ich will nicht mehr herumgetragen werden." Das war die neue Meldung der kleinen Katze.

„Jenny will nicht, dass ich ihre Urne ständig herumschleppe. Es ist ihr zu viel. Sie möchte einen festen Platz."

Irgendwie schien Madame über diese Botschaft der kleinen Katze ein bisschen sauer zu sein. Ja, sie war eingeschnappt. Doch es half nichts, sie musste überlegen, wo die Urne mit der kleinen Katze drin stehen sollte. Das war anscheinend gar nicht so leicht, weshalb sie mir alles lang und breit auseinandersetzte.

„Nein Lanzi, im Schlafzimmer ist sie den ganzen Tag alleine. Und ich will nicht, dass sie von Pola abgestaubt wird. In der Küche geht es auch nicht, da wird die Urne auf Dauer fettig vom Kochdampf. Und im Wohnzimmer ist sie auch im Bereich von Pola. Aber ich kann sie doch nicht auf den Schreibtisch stellen zwischen all die Zettel und Bücher?"

Wieder hat die kleine Katze selber entschieden, beteuerte Madame später. Sie thront nun in der Urne auf einem Schränkchen im Arbeitszimmer, auf dem vorher Grünpflanzen waren, zwischen die sich die kleine Katze zu ihren Lebzeiten manchmal gequetscht hatte, um sich zu verbergen. Von dort konnte sie Madame beim Arbeiten beobachten, hatte aber auch einen Blick durch den Gang bis nach hinten in die Küche und gleichzeitig durch das Fenster auf die Straße. Seither ist der Platz mit der Urne immer mit frischen Blumen dekoriert. Und wenn Madame im Arbeitszimmer ist, zündet sie zwei Kerzen für die kleine Katze an, außer es ist draußen sehr warm, dann nicht.

Die Verbindung bleibt

Ein paar Tage später hat Madame ein letztes Mal mit der spirituellen Tierärztin telefoniert.

„Ich vermisse Jenny. Sie fehlt mir so sehr. Aber seit ein paar Tagen ist sie weg aus der Wohnung."

„Es geht ihr gut, wo sie jetzt ist. Sie ist nicht allein. Sie ist von einer anderen Katze abgeholt worden. Hatten Sie eine Katze als Kind?"

„Ja, meine Maunz. Aber vielleicht war es ja Lilith, sie ist vor ein paar Jahren gestorben."

„Nein, es liegt weiter zurück. Lilith war es nicht."

„Ich spüre auch, dass es ihr gut geht. Aber ich kann mit niemanden darüber reden, die würden denken, ich habe nicht alle Tassen im Schrank."

Hallo? Und was ist mit mir? Seit Wochen labert sie mir mit skurrilen Gedanken die Ohren ab und sagt jetzt, sie kann mit niemanden darüber reden? Undankbare Sklavin.

„Es gibt immer mehr Menschen, die sehen es genauso wie wir", beschwichtigte die Ärztin. „Zwischen manchen Lebewesen besteht eine innige Verbindung, die nach dem physischen Tod andauert."

„Mir fällt es schwer, die Umstände von Jennys Tod zu akzeptieren. Es war vorher alles so klar: Sie hat vom Arsenicum album getrunken, wollte aber noch leben. Sie hat sich bewusst vom Garten, von den Zimmern und von mir verabschiedet. Hinterher hat sie die Bestellung der rosa Urne angeordnet und das Räuchern. Warum war es an den Tagen vor ihrem Tod und an ihrem Tod so laut?"

„Vielleicht wollte sie einfach, dass Sie abgelenkt sind. Jenny hat es nicht gestört, dass der Kran aufgebaut wurde und der Nachbar gelärmt hat. Manches müssen wir akzeptieren, ohne je eine Antwort oder gar einen Beweis zu erhalten. Es war wie es war."

„Und die Tumore? Jenny war lange schwerkrank und hat es vor mir verheimlicht. Sie war druckempfindlich am Bauch, seit sie aus dem Tierheim zu mir gekommen ist. Ich hätte das beachten müssen. Und ist es überhaupt ihre Krankheit gewesen oder hat sie meine Ängste und Sorgen getragen? Vielleicht hätte ich sonst die Tumore. Ich habe mehrmals gehört und gelesen, dass ein Tier die Krankheit seines Menschen übernimmt, also nicht der Mensch, sondern sein Tier entwickelt körperliche Symptome."

Die Tierärztin widersprach. „Früher habe ich auch so gedacht, denn manchmal gibt es durchaus Parallelen zwischen den Krankheiten von Katzen und ihren Menschen. Inzwischen durfte ich lernen, dass Katzen ihr eigenes Krankheitspaket tragen und die Verantwortung dafür übernehmen."

Seit dem Gespräch konnte Madame den Tod der kleinen Katze zwar einigermaßen akzeptieren, aber noch lange nicht verschmerzen. Immerhin weint sie nur noch morgens und abends und ganz selten tagsüber, wenn sie mit dem Foto der kleinen Katze redet. Zudem hat sie geplant, demnächst die Decken zu waschen, auf denen die kleine Katze gelegen hat. Erfreulich ist, dass sie sich viel um mich kümmert. Wir entwickeln feste Rituale, zum Beispiel ein neues Schnurspiel jeden Abend vor dem Zubettgehen. Ich schlafe jetzt auch manchmal auf ihr, so wie es die kleine Katze gemacht hat. Trotzdem ist mir langweilig mit Madame. Ich gebe es nicht gerne zu. Aber meine kleine Katze geht mir mehr und mehr ab.

Plausch mit Frau Weisser am Fenster

Der Frühling war da. Ich saß am Bürofenster als Frau Weisser, eine Mitarbeiterin des Tierheimes, die vier Straßen weiter wohnt, vorbeikam und mit mir flirtete. Madame hörte es, verließ ihren Schreibtisch, leistete uns Gesellschaft und stahl mir die Schau.

Wir kennen Frau Weisser schon viele Jahre, sie hat damals Madame und unsere Wohnung kontrolliert, um zu entscheiden, ob die kleine Katze bei uns bleiben darf. Nur wenige Tage, nachdem Jenny bei uns eingezogen war, klingelte es am späten Nachmittag und sie stand vor der Tür.

„Mein Name ist Weisser. Das Tierheim schickt mich, ich mache die Platzkontrolle für Jenny."

Ich war sehr neugierig, wer diese hübsche Dame mit Dutt war, und bin sofort zu ihr, um mich vorzustellen. Sie hatte einen Korken an einer Schnur dabei und ließ ihn baumeln. Höchst interessant.

„Lanzelot, heute geht es nicht um dich, Frau Weisser will Jenny treffen." Madame musste sich immer einmischen, diese Besserwisserin.

Im ersten Moment dachte ich: Hoffentlich packt sie die kleine Katze ein und nimmt sie mit. Aber ich zweiten Augenblick wurde mir bewusst, dass mein Leben mit der kleinen Katze wesentlich lustiger war als ohne die kleine Katze, sehen wir mal von ihren katastrophalen Essmanieren ab.

Jenny dachte damals gar nicht daran, sich auf Frau Weisser zuzubewegen. Sie hatte keine Lust, entsprach sie doch eher dem klassischen Coach-Potato. Lag sie satt und bequem auf dem Kratzbaum, gab es für sie keinen Grund sich zu rühren. Und in ihrer Kratzbaumkuhle war es zu dem Zeitpunkt kuschelig warm, vollgefressen war sie auch. Also hat sich Frau Weisser Jenny genähert, den Korken, der Jenny auch nicht im Ansatz beeindruckt hat, vor ihrem Gesicht pendeln lassen und sie begutachtet. Jenny begutachtete Frau Weisser auch und zwar ziemlich misstrauisch. Was wollte sie und was sollte der hüpfende Korken vor ihren Schnurrhaaren? Auch die Katzenklos verlangte sie zu sehen und den Futterplatz, um die Fragen auf dem Formular, das sie mitgebracht hatte, beantworten zu können. Zudem wollte sie wissen, wie ich mich mit der kleinen Katze vertrage.

„Die zwei sind ein Herz und eine Seele."

Das war von Madame ziemlich dick aufgetragen. Sagen wir so: Wir hatten uns arrangiert.

„Na, dann ist die Aufnahme gut gelaufen", meinte Frau Weisser ein bisschen spitz. „Es ist keineswegs selbstverständlich, dass ein Kater eine fremde Katze als neue Gefährtin annimmt."

In den ersten Wochen bewunderte mich die kleine Katze sehr, weil ich so stattlich bin, so unglaublich gut aussehe und noch dazu wie ein echter Abenteurer im Freien herumstromere. Das hat sich gelegt, je mehr sie sich ihren Platz, besser gesagt ihre Plätze, in der Wohnung eroberte. Bald besaß sie die Frechheit, sich drinnen vor das angelehnte Badezimmerfenster zu setzen, so dass ich nicht mehr hereinkam, weil sie zu schwer war, um sie vom Fensterbrett zu schubsen.

Als sich Frau Weisser damals verabschiedete, hatte sie sich an Jenny gewandt: „Da hast du ein Riesenglück gehabt, Kleine."

Es hat mir gut gefallen, dass sie das in der kurzen Zeit begriffen hatte. Jenny hatte ein Riesenglück, mit mir zusammenwohnen zu dürfen.

Jedenfalls stand Frau Weisser nun vor dem Fenster und Madame erzählte ihr, dass meine kleine Katze nicht mehr lebt.

„Sie haben ja noch Lanzelot." Als ob man mich mit der kleinen Katze vergleichen könnte.

„Ja, aber Jenny fehlt mir sehr."

„Waren sie dabei, als sie eingeschläfert wurde?"

„Ja natürlich war ich dabei, das ist doch selbstverständlich."

„Es gibt genügend Menschen, die ertragen es nicht."

„Ich hätte sie in dieser Situation nie alleine gelassen."

„Sie könnten wieder ein Tier aus dem Tierheim holen, es gibt so viele Katzen, die ein Zuhause brauchen."

Madame schüttelte energisch den Kopf: „Keinesfalls. Den Platz von Jenny wird niemals eine andere Katze ausfüllen. Zudem möchte ich nie mehr die Entscheidung tragen müssen, ein Tier zu töten. Und ins Tierheim gehe ich bestimmt nicht. Einmal und nie wieder."

Sehr schön, da sie nicht mehr über Leben und Tod entscheiden will, wird sie mich also nicht killen. Aber was ist, falls Madame vor mir gebrechlich wird? Hm, in dem Fall nehme ich die restlichen Arsenkügelchen und schütte sie ihr in den Kaffee. Wenn ich alle auf einmal hineinkippe, hat sie einen schönen Tod. Ja, das ist bestimmt in ihrem Sinn.

„Lassen Sie etwas Zeit verstreichen, vielleicht holen Sie dann doch ein Kätzchen für Lanzelot."

Sie verabschiedeten sich und Madame flüsterte mir zu:

„Lanzi, wir sind ein eingespieltes Zweierteam und das bleiben wir."

Eine neue Freundin kommt und verschwindet wieder

Von wegen eingespieltes Zweierteam. Bei Madame ist es extrem fade, vor allem wenn ich nicht nach draußen darf. An ihren öden Schnurspielen beteilige ich mich nur noch ihr zuliebe, um sie abzulenken vom Verlust meiner kleinen Katze. Inzwischen ist die kleine Katze schon sechs Monate tot, doch sie bekommt immer noch frische Rosen an die Urne. Die Kerzen brennen derzeit nicht, weil es zu heiß ist, wir haben Sommer. Die Decken, auf denen meine Jenny in ihren letzten Tagen lag, sind seit ein paar Wochen gewaschen, ihr Totenkratzbrett steht noch herum. Wenn ich Aufmerksamkeit von Madame will, lege ich mich auf das Kratzbrett. Sie dreht jedes Mal durch und tastet meinen Körper ab. Das ist fast wie Kraulen und gefällt mir gut.

Abgesehen von dem täglichen Einerlei mit Madame in der Wohnung gibt es aber extrem wichtige Neuigkeiten von draußen! Vor einer Woche habe ich etwas ganz Abscheuliches beobachtet. Ein Verbrechen. Ich lag abends im Garten hinter einem Busch verborgen mit Blick auf die Straße, weil ich auf den dicken Marder gewartet habe. Er knabbert die Antennenhalterungen der Autos in unserer Gegend an und durchbeißt die Benzinschläuche in den Fahrzeugen, um sich volllaufen zu lassen. Anschließend torkelt der Junkie dann durch meinen Garten. Natürlich halte ich Abstand zu ihm, denn im vollgedröhnten Zustand ist er nicht zurechnungsfähig und nüchtern zu gefährlich.

Es war in dieser Nacht sehr finster. Plötzlich leuchtete gleisendes Scheinwerferlicht vor unserer Garteneinfahrt und ein Auto hielt an. Die Beifahrertür wurde geöffnet. Eine Frauenhand, mit vielen Goldringen geschmückt, warf eine getigerte Katze auf die Straße, schlug die Tür zu und das Auto brauste davon.

Die Katze hat so hilflos und verloren ausgesehen. Sie wusste gar nicht was los war und hat mir sehr leidgetan. Aus Angst vor den vorbei rasenden Autos ist sie verängstigt und geduckt in meinen Garten gerannt. Hinter dem Kompost, auf dem der Christbaum der kleinen Katze liegt und vor sich hin verrottet, hat sie sich versteckt. Nun war ich beruhigt. Dort wird sie Mäuse finden, habe ich mir gedacht, bis sie wieder einen Menschen findet, bei dem sie wohnen kann.

Am nächsten Tag war die Tigerkatze immer noch da. Ich bin zu ihr und habe sie angefaucht, damit sie weiß, wer hier der Kater und Besitzer des Gartens ist. Sie hat sich ziemlich erschrocken und ist respektvoll zurückgewichen. Das hat mir gefallen. Und als ich am Kompost eine Maus gefangen habe, hat sie mich bewundernd mit großen Kulleraugen angeschaut. Nicht so frech wie meine kleine Katze. Da ich den Bauch voller Leckerlis hatte, habe ich ihr galant die Maus überlassen. Die Mieze hatte richtig Hunger. So wie sie sich beim Fressen angestellt hat, bin ich mir sicher: Das war die erste Maus ihres Lebens. Sie war offensichtlich eine Indoor-Katze und von der Wildnis gänzlich überfordert. Endlich war wieder Abwechslung in meinem Alltag! Jeden Tag nach dem Frühstück konnte ich es kaum erwarten, bis Madame das Fenster zur Katzenleiter öffnete. Madame dachte, ich will Findus verkloppen, dabei war ich gespannt wie ein Flitzebogen, ob die fremde Tigerkatze noch hinter dem Kompost sitzen würde oder ob sie schon einen neuen Menschen gefunden hatte und weg war. Sie freute sich immer, wenn ich lässig und gleichzeitig elegant auf ihr Versteck zu schlenderte. Aber mir fiel auf, dass sie von Tag zu Tag dünner wurde. Ihr Fell hatte seinen Schimmer verloren, und oft zitterte sie vor Kälte, denn obwohl es Sommer war, war es nachts recht kühl. Bereits seit mehreren Tagen machte ich mir Gedanken über die Zukunft der Tigerkatze und hatte nach reiflichem Überlegen einen Plan gefasst. Wenn Madame eine kleine Katze anschleppen konnte, warum dann nicht auch ich die fremde Tigerkatze? Gleiches Recht für alle und schließlich bin ich der Kater. Dass Madame sie ins Tierheim bringen würde, war auszuschließen, da sie es nach ihrer mehrfachen eigenen Aussage nie wieder betreten würde. Am nächsten Morgen, als ich die

Katzenleiter heruntergestiegen bin, hatte ich fast ein bisschen Sorge, die Tigerkatze nicht mehr vorzufinden. Aber sie saß brav da und wartete schon auf mich. Sie war mir gar nicht mehr fremd und ich ihr auch nicht. Um sie anzuspornen habe ich sie Richtung Katzenleiter gestupst, bin vor ihren Augen nach oben geklettert und auf dem Außensims sitzengeblieben. Mit einem einladenden Miau habe ich sie gelockt, mir zu folgen. Dann bin ich vom Außensims auf den Klodeckel im Bad gesprungen und habe gewartet. Wie gehofft, war mir die Tigerkatze gefolgt und saß auf dem Sims. Ganz geheuer war es ihr nicht, ihre Ohren haben unruhig gezuckt. Vom Klodeckel bin ich auf den Fußboden gehopst und sie vom Sims auf den Klodeckel. Es hat keine drei Minuten gedauert und wir waren am Futterplatz in der Küche angekommen. Ich habe zuerst gefressen und sie hat ehrfürchtig gewartet, obwohl zwei Näpfe dort standen, einer mit Nass- und einer mit Trockenfutter gefüllt. So geht es also auch! Sie hat sich nicht kopfüber in meinen Napf gestürzt wie damals meine kleine Katze.

Als ich Schritte hörte, freute ich mich schon auf die Reaktion von Madame über meine neue Freundin, ich war so gespannt, wie sie gucken würde. Madame blieb wie angewurzelt stehen, als sie die abgemagerte Tigerkatze sah. Jetzt wusste sie endlich, wie es mir damals mit der kleinen Katze gegangen war, auch wenn die alles andere als abgemagert war. Schock. Vorsichtig kam sie näher und achtete darauf, nicht den Weg zum Bad und dem offenen Fenster zu verstellen, da sie davon ausging, die fremde Tigerkatze würde aus dem Fenster flüchten so wie Findus. Meine Tigerkatze blieb aber sitzen und schaute Madame verunsichert und ein bisschen furchtsam an, weil sie Angst hatte, wieder ins Freie geschickt zu werden. Sie machte nicht die geringsten Anstalten abzuhauen. Madame kniete sich auf den Fußboden, hielt der Tigerkatze ihre Hand hin, damit sie schnuppern und Vertrauen fassen konnte. Die Tigerkatze freute sich so sehr, wieder bei einem Menschen zu sein, vorsichtig schmiegte sie ihren Kopf in die Hand von Madame. Madame streichelte sie und lächelte.

„Woher kommst du, kleine Tiger-Lilly? Hast du kein Zuhause?"

Wieder so ein Moment in dem ich dachte: Sie ist doof wie ein Köter. Die Tigerkatze kommt aus dem Garten und hat ein Zuhause! Steh endlich auf und mach das Fenster zu!

Madame stand auf, schloss das Fenster und streichelte weiter die Tigerkatze.

„Lanzelot, vielleicht hat sich das Kätzchen verirrt und irgendwo sucht jemand verzweifelt nach ihm, wir dürfen es nicht einfach behalten. Ich rufe bei der Tiervermisstenstelle an. Sollte sich niemand finden, bleibt es bei uns."

Nicht übel, sie hat auf den Punkt genau erraten, was ich gedacht hatte.

Obwohl ich in dem Moment stinkwütend auf Madame war, weil ich doch gesehen hatte, dass die Tigerkatze ausgesetzt worden war, sollte Madame entgegen aller Wahrscheinlichkeit Recht behalten. Nach nur einem Tag meldete sich die Tiervermisstenstelle, die Leute dort hatten herausgefunden, dass die Katze zu einer Familie gehörte und offensichtlich entführt worden war. Die Kinder der Familie hatten gesehen, wie ein Mann sie packte und einer Frau, die im Auto sitzen geblieben war, auf den Schoß setzte. Die Frau war mit Schmuck behangen gewesen, das hatten die Kinder von weitem erkennen können.

Jedenfalls kam noch am Abend desselben Tages die gesamte Familie zu uns, Vater, Mutter, ein Junge und ein Mädchen, um die Tiger-Katze abzuholen, die in Wirklichkeit nicht Tiger-Katze, sondern Esmeralda hieß. Haben die sich gefreut! Und Esmeralda war sichtlich glücklich. Das war einerseits schön zu sehen, andererseits wusste ich, dass ich mich wieder langweilen würde, sobald sie weg war. Der Vater der Familie hat mich sehr gelobt, weil ich Esmeralda in Sicherheit gebracht hatte. Alle haben mich gestreichelt, Esmeralda hat immer wieder ihren Kopf an meinen gestoßen und dann haben die Familie und Madame vereinbart, dass man sich bald wieder sehen und mit den Katzen besuchen würde.

Wieder alleine mit Madame merkte ich, dass es ihr nichts ausgemacht hätte, Esmeralda bei uns zu behalten. Zwar betonte sie immer wieder, was für ein Glück es wäre, dass Esmeralda wieder bei ihrer Familie sei. Aber es klang ein bisschen wehmütig. Ich weiß genau, dass sie Esmeralda sehr gerne aufgenommen hätte, sie konnte es nur nicht zugeben.

Jenny schickt die Herzkatze

Inzwischen war es Juli geworden. Es wurde von Tag zu Tag heißer, selbst in den Nächten kühlte die Luft nicht mehr ab. Seit Esmeralda weg war, ging alles seinen gewohnten Gang. Ich bewachte den Garten, Madame arbeitete und stellte regelmäßig frische Blumen an das Bild und die Urne von Jenny. Als ich eines Morgens von meinen nächtlichen Streifzügen zu Madame ins Schlafzimmer kam, um Futter zu fordern, saß sie aufrecht im Bett und rieb sich die Augen.

„Lanzi, ich habe von Jenny geträumt. Sie hat gesagt, ich soll Mitte August ins Tierheim."

Oh nein, nicht schon wieder eine Botschaft von der kleinen Katze! Hatte Madame vergessen, dass sie nie wieder das Tierheim betreten wollte? Sie sollte den Namen Wankelmut tragen, ja, Madame Wankelmut!

„Ich will aber nicht ins Tierheim Lanzi, ich halte das nicht aus. Aber irgendwie habe ich das Gefühl, dass ich hin muss. Jedenfalls werde ich keine Katze aktiv aussuchen. Wenn Jenny eine zu uns schicken will, muss sie mir ein eindeutiges Zeichen geben, welche es sein soll."

Mitte August erschien mir ferne Zukunft, weshalb ich den Vorsatz von Madame bzw. den Auftrag der kleinen Katze vergessen hatte. Im Gegensatz zu mir hatte Madame ihren Traum nicht vergessen, sie verspürte in den folgenden Wochen weiterhin den starken Drang, die Anweisung meiner kleinen Katze zu befolgen. Wie ferngesteuert packte sie Mitte August die blaue Tragetasche, legte eine Decke hinein und verließ die Wohnung. Auf dem Weg ins Tierheim fühlte sie sich mit jedem Kilometer, den sie näher kam, kraftloser. Bilder vom Tag, an dem sie Jenny zu uns geholt hatte, tauchten in ihrem Kopf auf, vom Tag, an dem sie Jenny ins Krematorium nebenan gebracht hatte, vom Tag, an dem sie sich vor der Einäscherung vom Körper der kleinen Katze verabschiedet hatte. Immer war es die gleiche Strecke gewesen, die sie zurückgelegt hatte.

Angekommen im Tierheim folgte sie mit feuchten Augen der Wegbeschilderung ins Katzenhaus, wo eine Tierpflegerin geschäftig im blauen Kittel Futterdosen sortierte.

„Kann ich Ihnen helfen?"

„Ich wollte mich nach einer Katze für meinen Kater umsehen, Jenny, mit der er über sieben Jahren zusammengelebt hat, ist vor acht Monaten an Tumoren gestorben."

Die Tierpflegerin spürte, dass Madame mit den Tränen kämpfte, und sah sie mitfühlend an.

„Wie alt ist der Kater denn?"

„Etwas über elf Jahre."

„Dann wäre eine Katze bis zu drei Jahren jünger oder bis zu drei Jahren älter als er optimal."

Im Tierheim der Großstadt wimmelte es vor Katzen. Madame folgte der Tierpflegerin, die von Katzenzimmer zu Katzenzimmer ging, doch egal bei welchem sie durch die Scheibe einen Blick auf die Insassen warfen, es war keine passende Katze darunter. Entweder waren sie zu jung oder zu alt, oder es waren Kater, oder sie wurden nur paarweise abgegeben. Madame war erleichtert. Sie war ihrem Impuls gefolgt, hatte getan, was meine kleine Katze im Traum von ihr verlangt hatte, doch wenn keine für unsere Wohngemeinschaft geeignete Katze anwesend war, dann sollte es halt so sein, dass kein anderes Lebewesen Dschinnchens Platz einnahm. Sie hatte sich damit abgefunden und wollte sich verabschieden, als der Tierpflegerin eine Idee kam.

„Vielleicht haben meine Kolleginnen in der Quarantäne-Station eine passende Katze."

Schon griff sie zum Flurtelefon, schilderte ihrer Kollegin am anderen Ende der Leitung die Situation, besprach sich mit ihr und hängte auf.

„Leider ist da auch keine Gefährtin für ihren Kater. Schauen Sie doch in zwei oder drei Wochen noch einmal vorbei, jetzt in der Urlaubszeit werden viele Tiere ausgesetzt und landen bei uns."

Madame würde sicher nicht wieder kommen. Das stand fest. Die Anweisung im Traum war klar Mitte August. Als sich Madame bei der Tierpflegerin für deren Unterstützung bedankte und sich mit der leeren Tragetasche dem Ausgang zuwandte, bimmelte das Flurtelefon.

Die Tierpflegerin nahm den Hörer ab, bedeutete mit einer Handbewegung Madame zu bleiben und sagte nach wenigen Sekunden: „In der Quarantäne-Station haben sie doch eine Katze gefunden, die mit ihrem Kater harmonieren könnte. Am besten Sie gehen in den zweiten Stock und sehen sie sich an."

Im zweiten Stock wurde Madame von der zuständigen Tierpflegerin erwartet. Aus hygienischen Gründen musste sie sich Plastiktüten über die Schuhe ziehen, dann wurde sie an vielen übereinandergestapelten Käfigen mit Katzen vorbei geführt, bis die Pflegerin an einem stoppte.

„Diese Katze würde altersmäßig zu ihrem Kater passen. Sie ist zehn Jahre alt und wurde schon zweimal im Tierheim abgegeben. Wir haben sie seit zwölf Tagen bei uns."

Im Käfig lag eingerollt eine zarte, weiße Katze mit goldbraunen Flecken auf ihrer rechten Seite, die aussahen wie Flügel, oder waren es zwei Raben? Die andere Seite war nicht zu sehen. Die Katze war nicht so weiß wie unsere Diva Lilith, eher elfenbeinfarben oder „ecru", wie unsere

Haushaltshilfe Pola sagt. Scheu blickte die Katze Madame an, fing aber gleichzeitig an, mit den Vorderpfoten auf ihrer Decke zu treteln.

„Wie heißt die Katze denn?"

„Gerry."

Seltsam, Madame kannte den Namen nur als Männernamen. Sie musste daran denken, dass im Impfpass von der kleinen Katze als erster Name Jonny eingetragen worden war, erst später wurde der Name in Jenny abgeändert. Die Namen Jenny und Gerry klingen nicht nur ähnlich, sondern weisen auch dieselbe Anzahl an Buchstaben auf.

„Und warum ist sie abgegeben worden?" fragte Madame, ohne den Blick von Gerry zu wenden.

„Sie ist laut Vorbesitzern unsauber. Von ihren ersten Besitzern wurde sie abgegeben, als die ein Kind bekommen haben. Die nächste Besitzerin hat sie wieder nach fünf Jahren wegen Unsauberkeit zu uns gebracht. Sie pinkelt überall hin und vor allem aufs Bett."

„Ist sie krank?" wollte Madame wissen.

Da die Untersuchungsergebnisse der Tierärztin noch nicht vorlagen, rief die Pflegerin bei ihr an.

Madame wartete.

„Die Ärztin meint, gesundheitlich ist alles in Ordnung. Allerdings hatte die Katze in den vergangen Jahren mehrmals Entzündungen an der Blase."

Nun saß Madame in einer Zwickmühle. Ihre Matratze, die sie erst ein Jahr vorher gekauft hatte, ist ihr nämlich heilig.

„Ist es OK, wenn ich kurz auf dem Gelände Luft schnappe? Ich muss es mir durch den Kopf gehen lassen."

Im Garten des Tierheimes setzte sie sich auf eine Bank und grübelte. Es war gegen jede Wahrscheinlichkeit, dass in einem so großen Tierheim nur eine einzige Katze in Frage kam. Aber es war so. Eine Katze, die alles vollpinkelte. Jenny hatte ihre Wahl getroffen. Die Flügel oder Raben deutete Madame ebenfalls als ein Zeichen. Madame atmete tief durch, zog ihr Handy heraus, googelte „Matratzenschoner Inkontinenz" und bestellte „atmungsaktiv, flüssigkeitsundurchlässig, 140 x 200 Zentimeter".

Mit festem Schritt kehrte sie auf die Quarantäne-Station zurück, regelte alle notwendigen Formalitäten, steckte sämtliche Informationen über Gerry ein, rief ein Taxi, übernahm von der Pflegerin die Tasche mit Gerry und stieg ins vorfahrende Auto.

Um es gelinde auszudrücken: Ich war überrascht, hatte ich es doch wieder einmal nicht mitbekommen, dass Madame ins Tierheim aufgebrochen war, weil ich schlapp von der Hitze unter
meiner Eibe geratzt hatte. Nun, ich habe Gerry
akzeptiert. Sie ist eine Sportlerin, hüpft und
springt meterhoch auf Regale und Schränke, mittlerweile auch auf Mülltonnen und Mauern. Im
Vergleich zu meiner kleinen Katze ist sie leicht wie
eine Feder. Am auffallendsten an ihr ist das große
goldbraune Herz auf der linken Seite. Wie hat
Madame die Augen aufgerissen, als sie das Herz
zu Hause registriert hat. Gerry und ich haben uns
schnell aneinander gewöhnt, obwohl sie anfangs
Angst vor mir hatte, und sich nie näher als drei
Meter an mich herangewagt hat. Das hat sich verändert. Jetzt lauert die Herzkatze oft hinter dem
Duschvorhang auf dem Badewannenrand, und
wenn ich von draußen hereinkomme, patscht sie
mir von oben auf den Kopf. Ich schubse sie dafür

in die Badewanne. Endlich ist wieder Leben in der Bude. Übrigens ist Gerry nicht unsauber, sie ging von Anfang an in meine Katzenklos und hat – anders als ich – noch nie irgendwo hin gepieselt. Die Inkontinenzunterlage haben wir trotzdem behalten.

Die Räucherschale geht kaputt

Als der November gekommen war, stieg Madame in den Keller hinunter und holte den Lichterbaum hervor, unter dem sich ein Jahr zuvor meine kleine Katze so ernsthaft und würdevoll niedergelassen hatte. Im Dezember wurde der Kran gegenüber unserer Wohnung abgebaut, die neuen Häuser sind fertig. Madame war in dieser Zeit noch mehr in Gedanken bei meinem Dschinnchen als ohnehin jeden Tag. Im Gedenken an die kleine Katze hat sie unsere Räucherpfanne aus Messing hervorgekramt und geräuchert, bis die Weihrauchschwaden dick wie Nebel durch alle Zimmer waberten. Kaum war sie damit fertig, ging der mit Sternen, Sonnen und Monden durchbrochene Deckel des Gefäßes nicht mehr auf. Es war wie verhext, als ob man ihn festzementiert hätte. Und wie sie da so herumwerkelte und zog und zerrte, brach leise knackend der Holzstil der Räucherpfanne ab. Ich bin ganz sicher, dass da meine kleine Katze dahintersteckte, sie konnte Weihrauch schon zu ihren Lebzeiten nicht leiden und hatte jetzt genug davon. Als Madame am nächsten Tag am Weihrauchstand eine neue Räucherpfanne kaufen wollte, war die Räucherexpertin in ein Gespräch mit einem Kunden vertieft, so dass Madame das Gefühl hatte, es wäre nicht der passende

Zeitpunkt für den Einkauf, weshalb sie ohne Räucherpfanne nach Hause kam.

Irgendetwas hat sich seit diesem Tag in Madame verändert. Sie lächelt wieder, sogar wenn sie frische Blumen an die Urne stellt.

Jetzt geht ein neues Jahr los. Madame liest gerade in ihrem Tagebuch nach, was in den vergangenen zwölf Monaten so los war.

„Lanzi, stell dir vor, was ich am Dreikönigstag ins Tagebuch geschrieben habe: *Von einer älteren weißen (nicht blütenweißen) Katze geträumt, die ein bisschen verwirrt vor der Wohnung herumlief, als ob sie zu uns kommen wollte.*"

Ich drehe mich zu Gerry um, die sich neben der rosa Urne von meiner kleinen Katze räkelt. Sie blinzelt mich an.

10 Tipps von Madame zum Umgang mit dem Tod

1. So schwer es auch fällt, akzeptiere, dass deine Katze sterben wird.
2. Lasse sie innerlich los, sprich mit ihr, dass sie gehen darf.
3. Bedanke dich bei ihr für all die schönen Jahre und all die wundervollen Augenblicke, die sie dir geschenkt hat.
4. Achte auf ihre Reaktionen und ihre Augen, du wirst erkennen, ob sie bereit ist zu gehen oder ob sie noch Zeit möchte, um von dir und ihrem Leben Abschied zu nehmen.
5. Halte es aus, wenn sie Zeit zum Abschied nehmen braucht.
6. Einschläfern kann für viele Katze stimmen, vor allem für schwer verletzte und schwer kranke Katzen, aber nicht für alle.
7. Begleite sie im Sterbeprozess als Ausdruck deiner tiefen Liebe.
8. Lass deine Trauer zu und sprich mit Menschen darüber, die dich verstehen.
9. Entwickle Rituale, die dir helfen, über den Tod des geliebten Wesens hinwegzukommen.

10. Behalte dein geliebtes Wesen in zärtlicher Erinnerung und denke oft an eure gemeinsamen schönen Zeiten.

10 Tipps von Lanzelot zum Umgang mit dem Tod

1. Wenn deine Katze stirbt, vernachlässige nicht deinen Kater.
2. Sorge dafür, dass er sich nicht langweilt.
3. Dass die Katze stirbt, brauchst du ihm nicht zu sagen, er weiß das.
4. Lass ihn an der toten Gefährtin schnuppern, damit er sich auch verabschieden kann.
5. Räuchere nicht, weil es stinkt.
6. Wasche die Decken der verstorbenen Katze und lasse frischen Wind in die Wohnung.
7. Verwöhne deinen Kater mit Leckerlis und Streicheleinheiten, damit er über den Tod der Gefährtin hinweg kommt.
8. Bedanke dich bei ihm dafür, dass er all die Jahre so nett zu deiner Katze war.
9. Sage ihm täglich mehrmals, dass er dein Liebling ist.
10. Mache ihm das Leben so schön wie nur möglich, denn, auch wenn es nicht so wirkt, er vermisst seine Gefährtin.

Die kleine Katze erreichte den Himmelseingang.

Ein Engel erwartete sie und fragte:

„Was war das Wunderbarste in deinem Leben?"

Die kleine Katze flüsterte:

„Ich wurde geliebt."

MIX
Papier | Fördert
gute Waldnutzung
FSC® C083411

Zeitfracht Medien GmbH
Ferdinand-Jühlke-Straße 7
99095 Erfurt, Deutschland
produktsicherheit@kolibri360.de